SIGNORINE

ALFREDO PANZINI

© 2023 Culturea Editions

Texte et illustration de couverture : © domaine public
Edition : Culturea (Hérault, 34)
Contact : infos@culturea.fr
Retrouvez notre catalogue sur http://culturea.fr
Imprimé en Allemagne par Books on Demand
Design typographique : Derek Murphy
Layout : Reedsy (https://reedsy.com/)

Dépôt légal : janvier 2023
Tous droits réservés pour tous pays

ISBN : 9791041842537

ROSETTA È MORTA BENCHÈ SIA VIVA

Rosetta è morta, benchè sia viva ancora.

Ella è lontana, benchè tanto vicina (abita in via del Melograno, N. 826, III piano). Io non la vedrò mai più, benchè spesso io la veda.

Non è un gioco di parole questo, è la verità. Rosetta mangia, beve, e veste panni, ma essa è nella bara, come la dolce damigella di Escalot nella storia famosa di Lancialotto del Lac.

Ed io piango Rosetta.

Fu lei che amò me di smisurato amore.

Ella era appena uscita dall'adolescenza e portava le sottanine corte, quando vide lo spettacolo della mia persona, che andavo a scuola; e tanto io le piacqui che ella non tralasciava alcuna occasione per contemplarmi.

Questa cosa era facile, perchè abitavamo nella stessa casa e le nostre famiglie erano conoscenti.

La sua prima lettera d'amore Rosetta me la mandò non per la posta, benchè suo padre fosse direttore delle poste, (uomo assai burbero), ma la trovai sotto il capezzale, andando a letto una sera; e credo che fosse scritta su di un foglio di carta ricamata. È probabile che Rosetta ignorasse che si chiamasse lettera d'amore.

Non la ho conservata, ma ricordo che conteneva quelle espressioni sterminate che si trovano nelle preghiere. La divinità ero io, e Rosetta mi domandava il permesso di adorarmi.

Questa cosa lusingò molto la mia vanità, e mi guardai nello specchio: ma rimasi turbatissimo.

Come fare? Io amavo allora Leonora, e Leonora amava me. Questo amore era noto a tutto il mondo, cioè a noi giovani, che costituivamo tutto il mondo.

Un giuramento solenne era stato scambiato fra me e Leonora. Dunque eravamo fidanzati!

Il nostro amore avrebbe camminato per anni ed anni, come l'ebreo errante, ma sarebbe arrivato certamente sino alla consacrazione del matrimonio, come usava allora.

Come? Ciò non importa. Per sposarsi, occorre una casa, un corredo, le pentole, i fornelli, i vasi, il pane, il vino, l'olio: ma di queste necessità non ci accorgevamo. Eravamo re e regine.

Quando ci accorgiamo di queste necessità, siamo già detronizzati dalla nostra giovinezza.

Questo matrimonio non avvenne; ma ciò non ha importanza.

Ora Rosetta sapeva che io appartenevo a Leonora. Leonora, inoltre, era una giovanetta bruna di notevole bellezza, suonava l'arpa, e già usciva di casa con belle sottanine lunghe, che allora (come i calzoni lunghi per noi uomini), indicavano che era già nata la donna.

Rosetta non era così bella come Leonora; ma aveva una sua pallida biondezza, e le sue guance erano di una finezza impalpabile.

I suoi occhi erano azzurri e stavano aperti verso di me, come il fiore verso il sole.

Ma quella mattina, dopo quella lettera, che io l'avvicinai per dirle... che cosa? non so, ella fuggì, e i suoi occhi lagrimavano.

Oltre a queste inferiorità rispetto a Leonora, Rosetta nel vestire era un poco sgraziata. Non avevano serva in casa, e doveva far lei. Suo padre, poi, usciva sempre di casa, rigido, con la cravatta bianca e con le scarpe lucide che mi par di vederlo. Forse Rosetta doveva lucidare anche le scarpe.

Ma se per queste ragioni Rosetta era inferiore a Leonora, essa superava Leonora e tutte le altre fanciulle della piccola città per il suo ingegno. Essa era vivace come un brillante. Affrontava con me quei tremendi problemi della morte e del mistero, di cui soltanto noi uomini ci crediamo capaci; ma allora la nostra salute non ne soffriva. Forse è probabile che noi credessimo di parlare della morte, ma in realtà parlavamo dell'amore, e nominavamo la morte soltanto per sentire più deliziosamente la vita. Era tanto lontana allora la morte!

Così due farfalle possono ben volare sopra un abisso.

A me allora la Parca filava appena il quarto lustro, e perciò mi interessavo della ricostruzione della società. Rosetta era – si capisce! – delle mie stesse opinioni.

Ella inoltre, per essere la madre sua alsaziana e per avere grande memoria, parlava le lingue straniere, e ciò destava un po' la mia invidia.

Se io le avessi chiesto di aprirsi le vene per amor mio, oh, questo sì! Se le sarebbe aperte; ma di aprirsi il busto a lei non venne in mente, nè io la richiesi. Già allora le mamme mandavano le figliuole così coperte di vestine che la cosa non era troppo facile.

Io potrò essere accusato di una certa goffaggine, ma credo che anche lei, Rosetta, ignorasse di possedere – come dire? – nel sottosuolo delle sue sottanine le miniere della sua ricchezza specifica. No! io non feci nessuna esplorazione, nè Rosetta le provocò in alcun modo. Forse qualche bacio, ma così, per accostare le anime, perchè si dice che le anime escano col fiato, e il fiato esce dalla bocca; dunque noi accostammo la bocca l'una su l'altra per sentire il sapore delle nostre anime.

Molte vicende sono passate, molti anni sono trascorsi; e i capelli, che erano fiorenti, sono morti; finchè – or non è molti mesi – ci incontrammo con reciproca sorpresa; perchè, Rosetta abita in via del Melograno, N. 826, III piano, ed il mio ufficio è lì presso.

Ci guardammo a lungo. Purtroppo eravamo noi!

Come tutti sanno, fra la via del Melograno e il mio ufficio c'è una piazzuola dove si vende verdura, frutta; e sono i banchetti del formaggio, dei gallinacci morti, del pesce.

Lì spesso incontro Rosetta con una rete pesante da cui spuntano le silique dei piselli, delle fave, e si vedono le patate. Tiene ella nell'altra mano il borsellino, e la grossa chiave di casa.

Rosetta mi ha detto che ha preso marito, e ha figlioli. Eccoli qui. Tre bambini. Rosetta li ha con sè, ed essi mi guardano con gli occhi in su. Li accompagna a scuola. Poi torna a casa a rassettare le stanze. Poi prepara il desinare per quando il marito ritorna; poi va a riprendere i bambini alla scuola.

Ha preso marito tardi e perciò ha bambini ancora piccini. Io non conosco il marito; ma ciò non ha interesse. È una brava persona, circa della sua età; un uomo regolare, che viene a casa a ore regolari.

Di più Rosetta non mi volle dire, e ciò le fa onore.

Ma qualcosa capii. Fra i trenta e i quarant'anni, una donna può aver sete, e in tale caso può cascare in qualche pozza d'acqua e imbrattarsi; e allora si prende la bibita che si presenta: una granatina, una limonata, un tamarindo, una birra, o un semplice bicchiere di acqua di fonte.

Le ho domandato se suo marito era una granatina, una birra, un tamarindo, una limonata, o acqua di fonte.

Rosetta trovò che la mia domanda era indiscreta, e non mi rispose. Una donna elegante avrebbe trovato, invece, piacevole questo spunto di conversazione.

– E non avete mai cambiato bibita, Rosetta?

Rosetta trovò la domanda sconvenevole.

– Scusate, Rosetta, e quando avete preso marito, eravate ancora come quando ci siamo conosciuti?

Allora Rosetta mi dice «addio», e se ne va con la sua rete della spesa, con i suoi tre bimbi, meravigliati di quel rapido ordine di partenza.

No! Ella non è elegante. Il suo cappellino è sgualcito e la sua veste ha un colore verdolino che conobbe molte vicende.

Io credo senza difficoltà che Rosetta abbia sopportata la sete sino ai trenta e più anni, e che poi non abbia mai cambiato bibita. Essa è sincera. Anzi in questi ultimi tempi io sono entrato nella bizzarra convinzione che la donna sia molto sincera, e che tutte quelle storie della menzogna femminile non siano che un effetto della nostra insufficenza maschile di interpretazione.

Dunque se avessi sposato Rosetta, io possederei una moglie massaia, pacata, non vanagloriosa, che va a far la spesa con la rete: una moglie che non muta bibite.

Ma io dirò di Rosetta cose ben più meravigliose.

Ella conserva ancora certi antichi pezzettini di carta; e li traeva giorni fa da quel suo grosso borsellino a cerniera con cui va a fare la spesa.

– Riconoscete? – mi domandò.

– Chi è costui?

– Siete voi.

Era un rettangoletto di latta dove si vedeva un ritrattino.

In esso dovetti riconoscere la mia persona.

Rosetta ricordava il giorno e l'ora che ci facemmo quel ritrattino da un fotografo ambulante: e costò quattro soldi.

Conserva ella in una scatola una specie di polvere nera, che assicurò essere viole, raccolte insieme, il giorno venti aprile, sul colle dei Cappuccini.

– E infine riconoscete? – Erano pezzi di carta ingiallita e corrosa nelle piegature.

Ohimè! in quegli sgualciti pezzetti di carta dovetti ravvisare la mia scrittura, con espressioni così fantastiche, che io quasi arrossii.

Così dicendo Rosetta si allontanò con i suoi tre attoniti bambini e il borsellino con dentro i cimeli della mia giovinezza.

Io la seguii con lo sguardo.

Oh, Rosetta, saltellante a sedici anni come una passera, dove sei più?

Morta!

E quando gli occhi non la seguirono più, si sostituirono gli occhi del pensiero, così come, tramontato il sole, si vede un'altra luce diffusa: è la luna che, già grande nel cielo, aspettava che il sole sparisse, per essa apparire.

Rosetta non cammina, si trascina! Ella va, o povera Rosetta; ella va sino al mercato, va sino alla scuola lontana ad accompagnare i bimbi; ma non cammina.

Va!

E allora mi parve di scoprire una differenza tra l'uomo e la donna. L'uomo incede anche con i capelli bianchi; ma la donna, quando non può più saltellare, si trascina.

Perciò un giorno fui io ad attenderla per dirle: – Ma io sono ben giovane!

Ed ella sorrise, come solo può sorridere una donna, e se ne andò.

– Io credo – le dissi, non so come, un giorno che Rosetta rinnovò l'esposizione del museo preistorico del suo borsellino – che noi non ci siamo mai baciati.

Una specie di rossore risalì ancora a galla sopra il suo volto, e a lungo mi guardò come dire: «Ah, smemorato!»

– Ma dove, ma quando, signora!

– Qui la prima volta.

E indicò la guancia.

– Voi ricordate anche la località? Quale prodigiosa memoria!

Allora guardai la sua guancia. Oh, povera guancia! così impalpabile una volta come la corolla di un fiore, come l'ala di una farfalla! Essa pendeva oramai come se i legamenti si fossero distaccati.

E vi fioriva un grosso cece con duri peli.

Ma non è per questo che io piango Rosetta, che è morta.

Certo io mi sono domandato per quale legge crudele quei dentini che erano come tante zappettine bianche, fitte fitte, ora sono come tanti colonnini di vecchio tempio, coperti di muschio.

Perchè i suoi piedini hanno due grossi nodi?

Oh, che vale mutare le leggi, se questa legge rimane?

Ma non per questo rimpiango Rosetta.

Queste cose che dico di Rosetta, sarebbero accadute a Leonora (se la avessi sposata), a Gerosolima, a Violetta, a Noemi.

Non è per questo che io piango Rosetta.

Io la piango perchè il suo spirito è svanito. Io sono sorpreso, e la faccio parlare a lungo. Mi pare morta anche l'intelligenza. Si sente il vuoto di una bara.

Rimane soltanto la memoria, così come rimangono le intravature di un edificio rovinato.

Accanto a Rosetta che si trascina, vedo andare a passo a passo sul carro funebre la piccola Rosetta dei sedici anni, con le sue guance impalpabili, con i suoi piccoli denti.

– Cosa guardate? – ella mi domandò.

Io guardavo dietro di lei il carro funebre di Rosetta: dietro seguivano le cose impalpabili e meravigliose: i sogni, la musica, i poeti.

Non so quale risposta stravagante io diedi.

Ma ella disse: – Siete sempre uno stravagante.

Io volevo risponderle così: «A sedici anni, voi di questa, che oggi chiamate mia stravaganza, non vi accorgevate. Era intonata con voi, anzi voi la ammiravate. Forse voi mi amaste allora per quella mia stravaganza. Ora non siamo più intonati, e io strido per voi, come voi stridete per me.

Quale scherzo la natura ci gioca, o Rosetta.

Forse alcuno può intendere qui che io voglia dire: Rosetta è imbecillita. No! Ella anzi è una assennata, ordinata, brava donna. In lei non è avvenuto quello che avviene in molti uomini, i quali realmente imbecilliscono, perdono la memoria, non escono più dalla vecchia rotaia del loro pensiero. Rosetta ragiona benissimo di tutte le piccole cose della vita. Ma l'orizzonte le si è rinserrato d'attorno, le grazie del pensiero sono morte, lo slancio è morto; nel modo stesso che il suo piede si trascina, ed è nato quel cece, con quel cespuglio.

I sogni sono diventati cenere, come le violette sono la polvere del suo scatolino.

Ma forse non è questo il dramma di Rosetta soltanto; ma io credo che sia anche di Noemi, di Violante, di Gerosolima, di Leonora, e anche di certe donne illustri, che, vecchie, paiono donne da ricovero; e non rimane loro che un affannoso balbettìo.

Oh, povera Rosetta, coi tuoi tre bimbi dietro, forse tu in essi rivivrai, ma tu sei morta.

E da quel giorno io non cercai più Rosetta, nè ella cercò me.

Non so perchè allora ho pensato a te, errabonda Corinna.

Tu hai quasi l'età di Rosetta, ma tu non vuoi morire!

Ogni volta che io ti rivedo, nei tuoi strani pellegrinaggi, non è: «come state, come va il mondo, come sta la politica, la storia, come sta la letteratura, come si comporta la morale». Oh, no! La ansiosa tua domanda è quest'altra: «mi trovate ancor bella?»

Se l'ossigeno ricopre le vostri chiome, o Corinna; se un dente d'oro adempie al necessario ufficio di sorridere, se un po' di impalpabile cipria sostituisce l'incarnato della giovinezza, se dissipate il vostro borsellino nei più rari profumi, nelle scarpette più saltellanti, voi avete ben ragione Corinna! e lasciate che gli stolti uomini sorridano.

È che voi, Corinna, non volete morire, benchè voi ogni volta che vi incontro dichiariate di voler morire. Voi non volete morire. Oh, almeno voi volete morire eretta, sorridente, con la chioma tutta bionda, con le carni tutte profumate; ma dispiegato, ma svolazzante incontro al fato – come conviene a buona guerriera – il gonfalone della giovanezza.

IL TRAMONTO DELLA VIRTÙ

(Redazione di grande giornale.)

Ognuno diceva sua ventura, e il vecchio ascoltava con benevolenza.

– Io – cominciò R*** – non fo per vantarmi: sono giovane e bello, e sono psicologo. Passo per il corso, e una signora per bene, eh!, mi ferma e fa:

« – Lei è il signor tal dei tali?

« – Che! – fo io. – Io sono R*** romanziere. O, non mi conosce?

« – Mi dispiace, no; ma si assomiglia tanto!

« – Se posso sostituirlo... – dico io.

Ella fa una smorfietta pudica e dice:

« – Perchè no?

E continuando a raccontare sua ventura, R*** lodava la sua gagliardia e pungeva la defunta gagliardia del vecchio.

Il vecchio, fisonomia signorile in povere vesti, non ribattè nè mosse ciglio.

– Credimi – disse allora il conte Eris, un volto glabro e strambo, quegli che nelle note di politica estera si firma Eminenza grigia – che tu ti devi essere sbagliato. Non sarà stata una signora per bene...

– Oh, – esclamò R*** offeso – la conosci anche tu. E poi è la moglie di...

Ma il conte Eris fu pronto con la mano a fermare il nome che stava per uscire dalla bocca del romanziere, e si arrese dicendo:

– Sarà!

– Bada però, R*** – disse dalla sua sedia a sdraio e con la sua vocina squisita come la sua persona, il dott. X*** direttore del giornale –, che può darsi sia stato un caso di degenerazione: forse di alienazione improvvisa. Con me, con Eris, il fatto sarebbe stato normale: ma con te, escludo...

– Perchè? – domandò R***

– Perchè – disse il dott. X*** – tu, scusa, amico: sei sudicio.

– O che ti credi – proruppe sdegnato il romanziere – che alle donne piacciano gli uomini cincischiati, come te? Il monaco russo Rasputin più era sudicio, e più piaceva alle granduchesse, che ora scopano le vie di Pietrogrado...

– Scusatemi, R*** – interruppe allora V*** – Rasputin era bello e voi siete brutto e, per giunta, pelato.

– È la potenza che fa la bellezza, lazzaroncello! – ribattè il romanziere. – E poi io credo che la signora ha fatto finta: ma lei sapeva che io ero io!

Era V*** leggiadrissimo, con una capigliatura così fiorente che la si poteva scambiare per quella che è la specialità dei barbieri; ma due nere intelligenti pupille che gli splendeano nella fronte bianca, distruggevano questa prima spiacevole imagine.

– Consento con voi, amici – egli disse – che la donna catafratta di virtù, non è più dei nostri tempi; ma oggi le fanciulle amano troppo la velocità. Io non lo credeva: ma, lo dico con dolore, ne ho fatto esperimento.

E anche lui raccontò la sua ventura:

– Una meravigliosa fanciulla! Mai ne vidi altra così strana! Concedete che io ve la descriva.

Il gran romanziere, veramente, si oppose alla descrizione, dicendo che non usa più. Il giovanetto volle descrivere lo stesso, e disse:

– Una creatura con occhi enormi che, a tratti, si rovesciavano in su. Vestiva elegantissima, ma con vesti a tinte sbiadite, sfumate: persino le scarpette erano sbiadite, sfumate.

Ella era di tal colore, amici, che pareva lunare, e diafana al segno che messa nuda contro il sole, le si dovevano vedere rosseggiare le viscere. Appena appena un po' rosee le labbra; e, fuor delle labbra, un madore dei denti e un balenare della lingua: la quale però era rossa.

Che dirvi, amici, quando ella mi confessò che lei pure era poetessa? Ella mi lesse i suoi carmi, cioè le sue liriche; io le mie. Io meravigliai di lei; lei di me. Voi sapete che io sono triste; ma lei diceva: «come è delizioso, amico, il vostro pensiero squillante!». Alla sua volta lei esaltava se stessa come una divinità, ma le vesti le davano impaccio così che le buttava via con questo verso: nuda va la mia divinità! Il primo giorno andiamo al caffè, e prendiamo il caffè. Leggiamo le nostre liriche. Al secondo giorno, ancora appuntamento al caffè, e riprendiamo la lettura delle nostre liriche.

« – Ah, – m'interrompe ella dolcemente, – potessimo leggere le nostre liriche soli nel sole in mezzo della natura!

La cosa era fantastica, ed io la reputai un'espressione del tutto poetica; ma dopo un poco ella aggiunse: – scusate, non potremmo andare a leggere a casa vostra?

A queste parole risposi:

« – Non posso a casa mia.

« – Non fa nulla – ella disse. – Andiamo all'albergo.

– Ciò è ben comodo – concluse V***, – ma mi sorge il sospetto che noi non potremo più amare come una volta: certo io dovrò mutare tutte le mie liriche.

– Allora udite me – disse il direttore. – Ecco qui un manoscritto di quattrocento pagine, carta a mano, con enormi margini, legato con marocchino, e fermagli d'argento: disegni di autore nel testo. Il prezzo materiale del manoscritto non può essere meno di lire mille, senza contare i disegni. Lo portò qui a me, in redazione, una signora non giovanissima, ma ancora una bella signora! Ossigenata se volete, ma certamente, signora. Fine di modi: eleganza molto distinta.

Mi domandò la licenza di non proferire il nome. Quel manoscritto era un romanzo. Preghiera di leggerlo io – io personalmente – per poi stamparlo in appendice. Voi ben capite che appena fosse stata una cosa tollerabile, avrei ceduto; ma una cosa idiota, totalmente idiota, non si può dare al pubblico. Vi giuro che ho sudato quattro camicie a persuaderla che il maggior valore del manoscritto era la carta; e del resto lei lo sapeva benissimo perchè aveva già fatto il giro di diversi editori, ma quando l'ebbi persuasa, mi disse:

« – Ebbene, sia pure! ma io ho bisogno di pubblicare il romanzo nel vostro giornale assolutamente. Non lo volete accettare? Nemmeno gratis? Non importa! Pago io.

« – Un'inserzione? È impossibile, signora.

« – Pago!

« – Ma io non mi vendo, signora!

« – Ma non vi vendete tutti voi giornalisti? – domandò con incredibile ingenuità.

« – Qualche volta, infatti, – risposi –; ma qui non è il caso.

Stette un po' sospesa con la sua borsa di seta, poi buttò via la borsa, e impregnò gli occhi al languore orientale. Ho dovuto fare l'uomo pudico; ma vi assicuro che è stata cosa seccante.

– Ma quella signora – disse V*** – aveva il male della letteratura portato sino allo spasimo.

– No, amico – disse il dott. B*** – il romanzo non era suo. Mi sono dimenticato di dirlo prima: ma era di un giovanetto come te, V***. Oh, non ridete. Il fenomeno è forse triste. È che la maternità nella donna, è una forza come la sensualità. Lei, quarant'anni;

lui, l'aspirante alla gloria, venti. È avvenuto nella donna un fenomeno di interferenza tra sensualità e maternità. La madre vede bello il figlio mostro, e fa tutto per lui: lei vede genio l'amante idiota, e fa tutto per lui: persino l'estremo sacrificio.

Il conte Eris raccontò allora sua ventura dubitosamente.

– La damigella di cui parlo, viveva nei grandi alberghi.

Ella era una creatura sottilissima, occhi azzurri, volto di bebè, e senza petto. Ah, non soltanto la virtù sta tramontando, ma anche la fisiologia!

La moda, questa grande rivelatrice, ce ne dà l'indizio; e noi crediamo che essa sia soltanto un affare che riguarda le sarte! Errore! Questo profilarsi strano, scarno, stravolto della moda non vi dice nulla? Non vi rivela nella donna la tendenza a staccarsi dal tipo normale che eccita la voluttà feconda per essere Venere e insieme Batillo? Voi la guardate, voi la deridete: ma tremate nel cuore! Non credete voi, amici, che quelle vesti siano come certi medicamenti che, posti sempre al contatto delle carni, lentamente penetrano e deformano?

Il gran romanziere interruppe: – Ma voi svolgete una tesi! Raccontate. L'arte non è mai prigioniera di una tesi.

Il conte Eris seguitò allora ancor più dubitosamente.

La damigella dichiarò di amarmi. Mi disse: «Tutta la sera, mentre sonavano Strawinski, io vi ho guardato, e voi mai mi avete guardato. Io ho bisogno di voi!» Vi confesso amici che ne fui lusingato; ma per il mio carattere mite le grandi opere mi repugnano.

Non si trattava di grandi opere, perchè lei mi confidò che il suo fidanzato la aveva già operata per volontà di lei, ed ora, lei lo aveva abbandonato. «Io non ho voglia di sposarmi; io ho voglia di dedicarmi ad una vita che soddisfi in me tutti i bisogni della femminilità, che mi bolle nel petto. Ma da sola cadrei in qualche laccio. Mi è necessario un aiuto. Mi volete aiutare? Io vi saprò ricompensare: voi sareste il primo, dopo il mio fidanzato». Rimasi stupefatto; e domandai il perchè questa preferenza. «Perchè mi piacete – rispose, e guardandomi a lungo, mi domandava: – Voi chi siete? Un agente segreto? un apache travestito da gentiluomo? Ah, voi avete una deliziosa faccia da delinquente».

Parlò allora il vecchio e disse: – Voi siete ben crudeli verso colei che ha per suo solo capitale la sua bellezza, e quanto poco duri, voi ben sapete! Ella semplicemente, viene incontro a noi e si uniforma a noi. Essa gioisce della nostra gioia; soffre del nostro soffrire. La sua degenerazione, è la nostra degenerazione: la sua affermazione della vita come piacere, è la nostra affermazione della vita come piacere.

Ai miei tempi la donna, anche mondana, ostentava il mimetismo della virtù. Oggi la donna, anche onesta, ostenta il mimetismo di quello che una volta si chiamava vizio. Così operando, ella sa di farci piacere. Amici, amici! Voi avete proclamato la virtù cosa stolta. Può darsi: ma finchè voi dicevate virtù cosa nobilissima, la donna poteva portare docilmente il nobile peso: ora dite virtù cosa stolta, e la donna non è poi così stupida da far lei da cireneo.

Io conservo nella memoria un grazioso ricordo, che molto influì su la mia vita. Voi dovete sapere che io alla vostra età godevo la benevolenza di una giovane donna, la quale era sovvenzionata da un ricco e feroce banchiere. Credo che costui le passasse mille lire al mese: una inezia ai tempi nostri, allora una cospicua somma; ma non spesa male, perchè la giovane donna non soltanto era bellissima, ma fornita di grazia e di spirito assai fine. Modesta anche nel treno della vita, che allora non costumava distinguersi come donna sovvenzionata, sì che molto denaro le avanzava, e ella pretendeva che io ne partecipassi. Ma voi sapete che, ohimè! allora ero assai ricco; e soltanto per amore mi recavo da lei. Ella era anche di un carattere uguale, senza quegli sbalzi termometrici che voi scrittori avete imposto alle donne, sì che esse oggi procedono bislacche nella vita, come per via procedono a quel passo di danza su quei tacchi isterici, di cui voi vi compiacete. Piena era anche di quel prezioso senso naturale, che le donne hanno realmente, ma che voi avete relegato tra i vecchiumi, e ne sono prova i consigli che ella mi dava: ella ammirava sì la mia giovanezza, però mi esortava a non fame spreco; «se no – diceva – tu non puoi attendere ai tuoi studi, che tu devi studiare anche se sei ricco, e poi prender moglie. E mi devi dire chi sceglierai per moglie, perchè voglio che tu sia felice e mai sia deluso nella tua felicità». Ora un giorno andai da lei, ed ella mi disse: «impossibile, oggi! attendo a momenti Polifemo». Questo nome io avea dato al banchiere. E così ella lo chiamava. Ella in quel dì era abbigliata da Galatea. Mi supplicò: «vattene. A domani!» Ma io non potevo attendere a domani. «Oh, povero fanciullo» – diss'ella vedendo il mio soffrire. E si appressò alla finestra per vedere se arrivava Polifemo.

«Polifemo non veniva, e io ne approfittai perchè gli assenti hanno sempre torto, specie quando uno è presente.

«Ma quello che ella mi disse di poi mi colpì come cosa nuova, perchè disse: «mai tu mi hai fatto tanto felice!». Io non potea capire il perchè di questa lode speciale: ma ella me lo spiegò. Soavemente disse: «mi pareva di essere una donna maritata».

Ah, confessione fatale!

Fu per effetto di queste parole che io non presi più moglie? Non so, ma con tutto questo, o miei giovani amici, non disprezzate vi prego, l'antica virtù, che soltanto alla mia età, solo e stanco, si apprezza quanto valga una donna, appena un po' virtuosa.

LA PICCOLA PUCCIN

Quando Puccin si presentò sull'orizzonte della vita, entrò bensì nel bell'appartamento di Almerigo Crosio – padre – una provetta levatrice con tutta la scienza, ma non venne l'esultanza.

Almerigo Crosio in quel giorno ricordò melanconicamente il tempo lontano, quando nella sua casa era comparso il primogenito; ed egli, nella notte della natività, aveva scritto queste parole «il Signore è venuto a visitarci. È un bambino!».

Il secondo nato capitò al mondo con tanta disinvoltura, come se ci fosse stato altre volte. Reclamò subito con uno strillo i suoi diritti: «non è pronta la colazione?» Un'attonita balia friulana, offerse il caffè-latte caldo all'impaziente. Crosio non scrisse nulla nell'albo.

Ma quando comparve la terza creatura, Crosio pensò che la sua signora provvedeva con troppo entusiasmo alla continuità della stirpe.

Di questa considerazione chi ne sofferse fu Giuseppa, la neonata, la innocente!

Con tanta abbondanza di bei nomi muliebri, fu imposto all'innocente questo nome di Giuseppa, tolto dal calendario nel dì della nascita.

Invano la piccola creatura faceva capire, con due grandi occhi attoniti, che anch'ella aveva diritto al caffè-latte in famiglia. Il fagottino di circa quattro chili fu portato via da una balia campagnola e non se ne parlò più.

Almerigo Crosio si ricordava di avere una figliuola quando scadeva il baliatico, alla fine del mese.

D'altronde la sua coscienza era tranquilla. Non solamente la balia era eccellente, ma il balio pure. Il quale, oltre che benestante campagnuolo, era anche letterato. Ogni mese costui elaborava una lettera di quattro pagine firmata Prosdocimi, nella quale lettera Crosio cercava una sola frase: «la bambina sta bene». Ma siccome questa frase richiedeva una ricerca e d'altra parte la lettera veniva per se stessa a significare «la bimba sta bene», così Crosio finì con non leggere più quel difficile documento. Ma oltre che scrittore, il balio si rivelò un bel giorno eccellente oratore.

Che, un giorno, Crosio sentì nell'anticamera del suo studio la voce di un tale che domandava udienza.

– Voi siete? – chiese Almerigo Crosio.

– Io sono il balio.

– Ah, Prosdocimi! Scusate, non vi ravvisavo!

– Sissignore, Piero Medici, o Medici Piero, come si dice adesso.

– Benissimo, accomodatevi, amico mio: io ho sempre letto «Prosdocimi», ma non importa.

E Piero Medici fu fatto entrare.

– Dunque, la bamhina sta bene?

– «Puccin» adesso sta bene.

– E chi è questo Puccin?

– La sua bamhina! Noi l'abbiamo sempre chiamata così: Puccin!

Così infatti: da Giuseppa, Giuseppina; da Giuseppina, Beppa, Beppuccia, Puccia, quindi era venuto fuori un «Puccin».

Disse Crosio: – Oh, che forse è stata ammalata?

– In fin di vita.

– E non mi avete scritto niente?

– Noi abbiamo scritto – disse Piero Medici – e li aspettavamo. Puccin era ridotta bianca come quella carta, pesava come un passerino morto, e non si vedeva di vivo se non gli occhi. – E dopo questo esordio Piero Medici si diè a raccontare tutta la storia della malattia.

– Le spese da voi sostenute saranno state molte! – domandò Crosio.

– Oh, molte! – disse il villano.

– E avete fatto un conto approssimativo?

Rispose il villano: – Io ho tirato una somma di venti lire, soldo più soldo meno.

A questo punto ebbe fine il discorso di Piero Medici; ma a questo punto si turbò; fu un istante: Crosio lo vide levarsi in piedi, prendere un'aria risoluta, levar dalla tasca interna della giacchetta una borsa piena d'argento che posò sul tavolo.

– Senta – disse Piero Medici – io le abbuono le venti lire, le abbuono il baliatico, le regalo questa qui... E lei ci lascia Puccin.

Almerigo Crosio scoppiò in una risata.

– Dunque lei non accetta? – chiese Pietro Medici.

– Ma volete che io venda i miei figliuoli? O che li pigliate voi per capretti, per vitelli, per galline? Be'?

Ma non ebbe voglia di ridere ancora; Almerigo Crosio prese l'aspra mano di Piero Medici e la strinse affettuosamente.

– Ah, Puccin! dover perdere Puccin! – ripeteva il villano. – Noi che eravamo così sicuri che lei ci avrebbe lasciata Puccin! Me la lascino almeno per un altro anno, povera Puccin; tanto da vederla grande!

E fu così che Puccin rimase a balia sino ai tre anni e da quel giorno Almerigo Crosio lesse le lettere di Piero Medici, e qualche volta pensò alla derelitta Puccin.

In un bel giorno d'aprile Almerigo Crosio si mosse per andar a prendere questa sua abbandonata bambina. Alla soglia della casa rustica Almerigo Crosio era atteso. Piero Medici e sua moglie avevano in mezzo una bambina con i capelli biondi, ben pettinati e spartiti, e con le sottanine di lana rosa.

– Quello lì è il papà! – disse Piero Medici.

– Quello lì il papà? – domandò dolcemente Puccin.

– Sì, sono io il papà – confermò Crosio piegando le ginocchia per mettersi all'altezza del volto di Puccin.

Puccin a questa affermazione credette docilmente: congiunse e sporse i labbruzzi.

– Le vuol dare un bacio – avvertì la balia. – Non vede?

Allora Almerigo Crosio accostò la pelle del suo volto e sentì premere contro di sè la delicata freschezza di Puccin.

– Ma mi conosce? – domandò Almerigo Crosio, levandosi in piedi.

– Sicuro, li conosce tutti – rispose la balia. – Ed anche i fratelli. Vuol sentire? Puccin, dove è il papà?

– A Venezia!

– Dov'è la mamma?

– Di sopra.

– Perchè di sopra? – domandò Almerigo Crosio.

– Perchè c'è un ritratto della Madonna della Seggiola e le abbiamo dato ad intendere che quella è la mamma.

– E Pio e Mondino (erano i nomi dei fratelli) dove sono?

– Tutti a Venezia! – rispose con voce dolce e pacata Puccin.

Avete voi mai posto mente alla voce dei bimbi quando cominciano a far le prime prove dei suoni delle parole? Pare che quella voce provenga di lontano.

Almerigo Crosio domandò:

– E tu vuoi venire a Venezia?

– Non si dice «voglio» – corresse Puccin – ma si dice: «per piacere!».

I balî sorrisero, e spiegarono che avevano insegnato a Puccin che non si deve mai dire «voglio», ma sempre «per piacere».

– Perchè non si deve dir «voglio?» – domandò il balio.

Puccin allargò le braccine con un gesto rassegnato e disse (ora teneva i grandi occhi in su come per scrutare quell'uomo nuovo a cui andava connesso il nome di padre): – Perchè l'erba del «voglio» non cresce neanche nei giardini del Papa.

– Dunque hai piacere?

– Sì, piacere.

Puccin dopo questa risposta si era allontanata, e ritornò poco dopo.

Aveva un cestellino di giunco sotto il braccio: nel cestellino c'era un pezzo di pane ed una bambola miserabile.

– Quando le si dice di andare a Venezia, lei corre a prendere il suo cestino e la sua pupa – spiegò la balia.

E Puccin pure seguitava ad imitare i buffi del fumo del treno che vedeva passare di lontano; e l'amico fedele, il cane di Piero Medici, abbaiava.

Almerigo Crosio e Puccin salirono soli nel treno.

– Lo zio Piero e la zia Nena – disse Puccin con l'abituale sua placidezza, additando i balii che si allontanavano.

– Ci volevi bene?

– Oh, sì, Puccin ci vuol tanto bene! E anche alla bebè.

Ma Puccin in quell'istante era molto occupata ad osservare la instabile dimora dove si trovava. Le scosse del treno trasportavano Puccin da un punto del cuscino ad un punto del cuscino opposto. Spesso le movenze erano comiche: il bianco del grembialino davanti, lo scarlatto della vestina di dietro, l'onda dei capelli, agitati dalle scosse, apparivano ogni tanto; e ogni tanto le pupille si rivolgevano attonite, spaurite, per domandare:

«Ma, signor padre, come va tutto questo che qui non si sta mai fermi?».

Il padre, Almerigo Crosio, seduto in un angolo, guardava. Guardava Puccin, e questo pensiero diabolico si delineò nella mente così: «lasciare aperto lo sportello opposto: attendere che Puccin vi batta contro» . Non avrebbe sentito neppure un grido: il rosso, il bianco, l'oro dei capelli, travolti: un istante; poi nulla, più nulla!

Ma Almerigo Crosio al pensiero diabolico rabbrividì, si alzò, andò all'altro sportello e si rassicurò che fosse ben chiuso; ma nel ritornare al suo angolo, prese Puccin per l'uno e per l'altro polso, davanti a sè, stringendo a pena: poi nel premere andò sempre crescendo. Voleva vedere gl'imperturbabili occhi lagrimare, voleva udire la soave voce tramutarsi nel pianto, voleva che Puccin provasse paura, non fiducia, di trovarsi con lui. Qualche piccola cosa pur il demonio domanda! E stringeva!

E Puccin fissava attonita: l'ombra della paura le oscurava il volto, le labbra fecero boccuccia brincia per il dolore, ma non per piangere, bensì per offrire il solo omaggio che poteva offrire a riscatto della sua pena: un bacio!

Allora le mani di Almerigo Crosio si allentarono. Ah, se i bambini non fossero belli! Se il contatto della loro epidermide non fosse perturbante!

E Almerigo Crosio s'avvide che il sigaro che stava fumando era pessimo, perchè lo faceva stranamente lagrimare. Ma no! Puccin mostrava di avere una fiducia illimitata in quell'incognito che gli era stato presentato sotto il nome di padre: fiducia piena di grazia e di purità: da lui, da lei era venuta fuori quella purità.

Almerigo Crosio prese presso di sè Puccin, se la ricoverò fra le braccia e la baciò a lungo: provava come un refrigerio nel contatto di quella freschezza.

La riguardò a lungo e da quel volto venivano fuori delle reminiscenze di sè; anni molto lontani, quando egli, Crosio, sedeva in grembo della madre sua!

Puro il mattino, soli nel treno: il treno correva con non so quale festività leggera.

E Puccin cominciò una serie di domande complicate, difficili, insistenti, strane, alcuna volta paurosamente profonde e senza possibilità di risposta.

Una sola domanda non venne: questa: «perchè, caro padre, e cara madre, mi avete messa al mondo?».

Puccin – come giunse a casa – fu accolta con segni di giubilo dalla mamma e dai fratelli. Ma ella non ne parve eccessivamente commossa.

Ai suoi signori fratelli fece poi sin dalle prime mattine comprendere che ella, come era disposta ad osservare i suoi doveri, così intendeva salvaguardare i suoi diritti: perciò divisione in tre parti uguali del caffè e latte! Avrebbe fatto il possibile per dare il minor disturbo nella casa: e infatti in un angolo, presso una seggiolina, Puccin badava silenziosamente alla sua bambola miserabile. Di quando in quando – però – la coglievano dei frulli di bizzaria. Correva di stanza in stanza, spalancava gli usci e si fermava in attitudine di reginella su le soglie. La qual cosa si poteva interpretare, o come un bisogno di maggiore spazio o come un'affermazione della sua proprietà.

Così pure ogni tanto si fissava nel vuoto, cercando nelle chiuse stanze ciò a cui la sua pupilla era abituata: il verde dei campi, l'azzurro dei cieli.

– Bù! Bù! – faceva ogni tanto, e forse chiamava per reminiscenza il buon cane.

Ma poichè il cane più non appariva, così Puccin docilmente ritornava alla sua misera bambola.

Puccin, sì per sempre Puccin!

– Come ti chiami, bella bambina? – le chiedevano quelli di casa facendole intorno corona. – Ti chiameremo Signorina Josephine.

– No, Puccin! – ed era solo per questo che Puccin diventava rossa di rabbia. Voleva che le fosse serbato il nome che Piero e Nena, i buoni villani, le avevano dato.

SPAGHETTI CON LE ACCIUGHE

Rimanemmo profondamente stupiti.

Lui, l'uomo di studio, ci venne ad aprire col grembiule da cuoco.

E non se ne vergognò.

Così che ci vergognammo noi.

– Avanti, avanti, amici! – disse – Spengo il fornello, se no il soffritto brucia, e sono con voi.

– Ma cosa state facendo?

– Preparo gli spaghetti con le acciughe.

– Ma, e la vostra domestica?

– Voi dite la buona Rosina che era presso di noi da tanti anni?... Sì, essa era la domestica, ma adesso fa la tranviera.

– Ma vostra moglie?

– Oh, mia moglie! È all'associazione per l'elevazione della donna.

– Ma voi avete anche un figliuolo...

– È dì là che dorme.

– Male!

– No, bene! Veramente, per il passato tempo, io gli avevo offerto la lettura delle favole di Esopo, ma le sue compagne di scuola lo hanno deriso dicendo: «è una morale che non fa più per noi!». È bene, dunque, che egli si uniformi alla morale corrente, e perciò sta fuori la notte e ora dorme. E poi dirò: dopo che hanno stabilito quella legge brutale, chi non lavora non mangia, dico: «godi, povero figliuolo!, finchè io posso lavorare».

– Ma intanto voi dovete attendere a queste umili mansioni della casa...

– Umili? Voi le chiamate umili? Mia moglie le chiama umili e le disprezza, ma io vi confesso che preferisco stare in casa e preparare gli spaghetti con le acciughe: cioè con le acciughe per me e per mio figlio. Mia moglie le preferisce col burro.

Noi giudicammo, a queste parole, che l'amico fosse diventato idiota. Egli capì questo nostro pensiero, e disse:

– Questa è infatti l'opinione di mia moglie, ma non è esatta. Non è per idiotaggine che non mi interesso dei destini dell'umanità, ma perchè non saprei come risolvere la grave questione che tiene agitata mia moglie e tutte le socie della Società per l'elevazione della donna.

– Ma quale questione? – domandammo.

– Quale? Dio mio, come siete anche voi fuori del mondo. Voi sapete benissimo che la donna ha ottenuto il voto politico. Mia moglie è stata agitatissima per molto tempo per il timore di non avere il voto. Le ho offerto il mio, purchè stesse quieta: ma ella voleva il suo voto! Il Parlamento un bel giorno, votò il voto e in quel giorno anch'io fui felice, e preparai un dolce di crema per festeggiare il fausto avvenimento. Fu infatti gran festa, e le signore e le signorine si adunarono nel mio salotto per stabilire quale carattere religioso si dovesse dare a questo gran fatto. Io, come uomo, ebbi voto consultivo, e perciò proposi queste nuove cerimonie: Sacramento della santissima uguaglianza, Avvento del voto, Purificazione dalla morale tradizionale. Natale della Libertà, Pasqua della resurrezione del sesso oppresso.

Ma poi è sorta un'altra grave questione. La questione economica. La donna deve essere anche libera dalla servitù economica dell'uomo. «Io – diceva qui, su quella poltroncina, una pedagogista insigne sì, ma con un odioso naso a trombetta, – posso vantarmi di non essermi fatta pagare da un uomo nemmeno un gelato». Essa pretendeva per le sue prestazioni di pedagogia, almeno diecimila lire mensili come la più semplice artista di cinematografo. Il sindacato pedagogico era furente contro il sindacato cinematografico.

Giorni fa, mia moglie tornò a casa col cappellino sgualcito. Si erano accapigliate! Ma oggi, oggi, amici, la questione si è fatta più tremenda perchè come combinare la donna-libertà, con la donna-proprietà comune? Ma c'è di peggio! In nome del darwinismo, i borghesi dovrebbero essere esclusi da questo diritto di proprietà collettiva, perchè essi hanno dato sinora cattivi prodotti. Soltanto operai e soldati! Io volevo in proposito consultare Rosina; ma essa fa, ora, la tranviera, come vi ho detto. Molte signore hanno protestato, qui, in questo salotto, contro la teoria russa della donna proprietà-comune, soldati e operai: ma la signorina col naso a trombetta, ha dichiarato: «è necessario sacrificarci tutte per il bene dell'umanità. Così cesserà anche lo scandalo delle signorine del cinematografo, che costituiscono una casta previlegiata».

Noi ascoltavamo questo sconclusionato parlare senza rispondere; ma i nostri occhi dovevano esprimere una grande pietà.

Egli se ne accorse e disse: – Vedete amici; ci fu un giorno, eh, non molti anni fa!, che un grande poeta straniero proclamò, per mezzo di una sua eroina, queste parole: «Io non so (è la moglie che parla al marito) chi di noi due abbia maggior ragione, ma so che la tua verità non è la mia verità; ed ora che lo so, non posso più seguirti. Ciascuno di noi faccia la propria strada». Gli uomini hanno applaudito a queste parole; ma esse hanno segnato il principio della grande rivoluzione, in cui oggi viviamo. Certamente la donna ha una sua personalità, ma essa è spaventosamente incompatibile col matrimonio. Una delle due personalità deve sacrificarsi. Mi sacrifico io, e voi vedete: preparo gli spaghetti con le acciughe, e col burro per mia moglie. «Tu dovevi sposare la serva» dice sempre mia moglie. Ecco: la serva se ne è andata: anche lei si è accorta di avere la sua personalità. Amici miei, bei tempi quelli in cui la donna, a una certa età, entrava nella confraternità della beata Alacoque! Dormi, dormi, intanto, figlio mio!

In quel punto entrò la signora.

Raggiante di felicità!

Niente cappellino sconvolto!

L'accordo su la grave questione era stato raggiunto nel modo più elementare. – È stata una libera docente di matematica – disse la signora – a trovare la soluzione. È vero che due forze uguali e contrarie si elidono? Ebbene, se la donna deve essere proprietà collettiva, sia proprietà collettiva anche l'uomo. Ma ci voleva una donna per trovare questa soluzione!

L'ATTIMO FIAMMEGGIANTE

Il Cav. Bajs, uomo morigerato, quel giorno era eccitato. La colazione era stata succolenta ed i giovani pittori e giornalisti – alla solita tavola del ristorante – avevano tenuto ragionamenti di un futurismo rovente su Fifina e su Rosina, sì che egli aveva seriamente protestato, tanto in nome proprio, quanto in nome della morale, quanto e più specialmente in nome della misura, la quale costituisce il freno, non pure dell'arte, come dice Dante, ma della vita.

Ma i giovani avevano risposto: prima, che lui, Cav. Bajs, non si scandalizzava, ma si divertiva; secondo, che Dante, ai suoi tempi, non era in grado di capire il divino stato orgiastico, frigio, micenico, dionisiaco che si sprigionava da Fifina e Rosina, fanciulle dionisiache, article Paris. E avevano seguitato.

Allora il Cav. Bajs si mise a leggere il giornale ma esso conteneva un articolo eccitante, di una grande scrittrice intorno all'attimo fiammeggiante, in cui l'individuo si immilla nella perpetuità della specie.

Questa dichiarazione più l'altra che la donna è animale materialista e il suo paradiso è di questo mondo, e il fatto che queste dichiarazioni erano scritte da una donna bellissima, più i discorsi dei futuristi: tutte queste cose, messe insieme, fecero nascere nel Cav. Bajs il desiderio acuto dell'attimo fiammeggiante con una donna article Paris.

D'altronde in quel pomeriggio il Cav. Bajs era libero da cure di ufficio; era una giornata uggiosa e piovigginosa e, benchè freddissimo, egli, uscendo dal ristorante, trovò superflua la sua eccellente pelliccia di orsetto. A casa vi era la stufetta col suo calore artificiale, ma egli non era attratto verso casa. E d'altronde la scuola salernitana dice: semel in ebdomada, cioè «è lecito una volta alla settimana», e al santo re David fu consigliato il calore naturale di parecchie fanciulle invece del calore artificiale.

Senza il concorso di tutte queste circostanze, il Cav. Bajs, uomo morigerato, non avrebbe dato retta ad una lettera recapitata il dì precedente.

Andò dal barbitonsore e raccomandò la arricciatura dei baffi, si acconciò la cravattina di raso verde, andò al bar e fece mettere odor di cognac nel caffè.

Quando fu all'altezza di via Metastasio, infilò la porta, filò i 50 scalini viscidi e un uscio si aprì.

– Buon giorno, cara. È parecchio, eh, che non ci si vede! – dice il Cav. Bajs.

Dice lei:

– Se non vi si scrive, voi non vi fate vivo...

– A proposito, cara, non le affrancate voi le vostre lettere?

– Non era affrancata?

– No, cara, non era affrancata.

– Accomodatevi. Tutte le volte che venite, avete una fretta! Cosa avete? paura?

– Paura, no; ma, santi numi – esclamò il Cav. Bajs che aveva conosciuta quella buona donna in istato migliore, – ogni volta che vengo da voi vi trovo sempre in un appartamento meno confortabile…

– Non guardate la casa. Guardate lei... Vedrete, vedrete come è carina.

– Giovane?

– Zitto. Molto giovane.

– Molto grassa?

– No, magrolina.

– Elegante?

– Altrochè!

– Allora article Paris. Ma dove è?

– Eh, che furia! «Dove è? Dove è?» Accomodatevi.

– Mi pare però che avendo articoli così fini, potreste tenere un appartamento con più proprietà.

In quella stanza infatti, oltre al luridume, vi era un odore così antidionisiaco e antiafrodisiaco che fu avvertito anche dai sensi del Cav. Bajs.

– La disgrazia, – disse la donna.

– Capisco, capisco – disse il Cav. Bajs – che non era venuto per sentire parlare di disgrazie – ma è anche, benedetta da Dio, che non avete metodo: ogni sei mesi mutate casa e mestiere. Nella vita tutto dipende dal metodo.

– Muto anche adesso.

– Dove andate?

– Chi lo sa? Vedete questa mia faccia nera, scarna, questi occhi che fanno paura, questi capelli grigi?

E con la mano unta se li arruffò anche di più. Disse:

– Vado a fare la negromante.

– Anche quello è un mestiere, – disse il Cav. Bajs – ma anche lì ci vuol metodo. Le physique du rôle non basta.

D'un tratto il Cav. Bajs balzò su la sedia.

– Avete una paura tutte le volte che venite da me...

Si era aperta una porticina, ed era apparsa una latrina, lì nella stanza; e un individuo usciva dalla latrina: una vera latrina? L'individuo che apparve non era però tale da incutere paura.

Era un bimbo con un cappuccetto rosso e dietro gli pendeva – diremo – il frac bianco, cioè la camicia, che detto bimbo offerse in silenzio alla futura negromante affinchè gliela riponesse dentro i calzoncini.

La brava donna cercò di far capire al bimbo tutta la sconvenienza di uscire dal suo piccolo dominio in quello stato, ma il piccino disse supplichevolmente: – Come devo fare?

– Be', vieni, vieni qua, Trottolino – disse la futura negromante.

Mentre Trottolino si appressava trascinando il frac, il Cav. Bajs potè sincerarsi che era veramente da quello stanzino che si diffondeva l'odore antidionisiaco.

– Avete sempre qualche bestiolo con voi. L'altra volta che son venuto, avevate un cane. Ma cosa ha fatto quel bambino? – domandò il Cav. Bajs.

Esso aveva tutte e due le braccia e le mani fasciate di garza e fuori appena la punte delle dita; e, poverino, era naturale se da sè solo non si poteva allacciare... il frac.

– Si è scottato cadendo su la pentola dell'acqua bollente, o la pentola cadendo su lui, perchè era solo in casa; e ieri soltanto sua madre si è decisa a condurlo alla Guardia Medica.

– Perchè ha una madre questo piccino?

– Quella che vi ho detto. Se l'aspettate un po', la vedrete. È andata a portare un lavoro di ricamo e dovrebbe esser già qui.

Mentre la negromante tirava su il frac, il bambino posava i moncherini su la pelliccia del Cav. Bajs; e dal cappuccetto rosso, lo stupore delle pupille liquide si posava grande e dolce su detto Cav. Bajs. Egli, il bimbo, era appena uscito dal mondo crepuscolare e guardava così, dolcemente, le cose di questo mondo: la negromante, la stanza lurida, il Cav. Bajs.

Ma il Cav. Bajs non era venuto per fare il papà, e respinse i moncherini.

– Ma questo coso qui non se lo potrebbe tenere a casa?

– A casa di chi? – disse la negromante. – Li ho presi in casa tutt'e due, madre e figlio, perchè non hanno più casa. Il marito è scappato in America e i genitori di lei non la vogliono. «Hai voluto sposare quel barabba? – dicono. – Gòditi adesso anche il figlio». E lei si è rifugiata da me.

– Capisco, capisco – disse il Cav. Bajs.

– No, che non capite niente; se credete che io ci faccia un affare, vi sbagliate. Sapete che lei è da due settimane alloggiata in casa mia, e finora le spese le ho fatte io? Se un uomo la ferma per la strada, non ha coraggio! No, no, non è il tipo!

– E allora cosa fa?

– Un po' la si dispera, un po' ride, un po' ricama, un po' dice che vuole studiare da chanteuse; ma capirete che ci vuole dello spirito per fare la chanteuse.

– Ma è proprio carina?

– Ma sì! Non le si danno venti anni, pare una minorenne: ma ci vuol altro!

– Se ha buona volontà.... – disse il Cav. Bajs.

In quel punto un passo lieve si udì presso l'uscio.

– Dici davvero che il marito è in America? – domandò il Cav. Bajs.

– Come sei sempre stupido! – disse con un soffio di voce e due occhiacci la negromante al Cav. Bajs. – Vieni, vieni avanti, Catina, – disse poi forte – c'è un bel signore che ti aspetta.

L'uscio si spinse e una figurina entrò.

– Vedete, – disse al Cav. Bajs la negromante, – che avete fatto bene ad aspettare?

Era la piccola madre.

Infatti era carina. Ma un'abbozzatura di madre; una cosa diafana, patita, che teneva su l'ultima eleganza coi denti. Depose il cappellone, che grondava, dalle peonie vizze di stoffa, il nevischio della via.

Apparve una capellatura tutta frisée, profumata di neve e di muschio.

Quella macilenza, dall'aspetto molto acerbo, andava bene per il Cav. Bajs. Se ne congratulò con lei; e lei si mostrò molto gentile.

– Ma è proprio vostro figlio quello lì?

Ella assicurò di sì.

– Oh, ma io ci credo se voi lo dite, soltanto è curioso come questo vostro bambino si sia attaccato a me.

– Ma no a voi — disse lei ridendo e rabbrividendo: – alla vostra pelliccia. Qui si gela. Deve essere deliziosa la vostra pelliccia...

– Se vi puo' servire...

– Infatti... (E il Cav. Bajs se la prese dentro, nella pelliccia).

– Come hai fatto a tardare tanto? – domandò la negromante.

– Son dovuta tornare a piedi. Speravo di prendere dieci lire, i soldi del mio lavoro. Ma la signora era fuori: ho aspettato un pezzo. Allora ho lasciato il lavoro e son venuta a piedi.

– Ma il tram? – domandò il Cav. Bajs.

– Non avevo da prendere il tram. Non ci credete? Ah, ah, ah!

Rideva stoltamente come una chanteuse, e mostrava il borsellino vuoto.

Si poteva parlare del borsellino: ma il Cav. Bajs preferì parlare delle mani che tenevano il borsellino.

– La vostra mano è assai graziosa.

– Vi pare?

– Veramente.

– Vi fa piacere che la mia mano sia graziosa? – disse con voce indifferente.

Il Cav. Bajs cominciò a solfeggiare su la spalla, su la nuca; poi volle sincerarsi sino a qual punto le gambette erano bagnate.

– Voi siete molto bagnata!

Ella mostrò che era molto bagnata.

Si poteva parlare delle scarpine grondanti, ma l'argomento poteva cadere nel prosaico argomento di un paio di scarpe nuove, e il Cav. Bajs preferì risalire alla lirica.

– Bocca di gelsomino – esclamò lui pateticamente.

Era una stupida boccuccia, quella della piccola madre, che il Cav. Bajs appressò ai suoi baffi di recente arricciati; ma era pur sempre la giovinezza! Ella si lasciò accostare.

Ma quel piccolo – come chiamarlo? quell'intruso, non volle che si toccasse eccessivamente la mano e le altre cose di sua madre, come fossero state sue proprietà, e non del Cav. Bajs, almeno provvisoriamente.

– Vieni, Trottolino, di là nel tuo lettuccio che hai sonno, vieni con me, – diceva la negromante – chè mammina ha da fare. Andiamo a vedere il Bambin Gesù.

Ma egli, così docile, pure rifiutò.

La madre lo pregò anche lei di andare dal Bambin Gesù, ma egli rifiutò ancora.

Fa la nanna bel bambin

Fa la nanna bel cocchin.

– Via, che hai sonno. – Lo minacciò. Il bambino pianse.

– Dio, che seccapiedi – sospirò avvilita.

Il pianto del bimbo risonava miseramente nella stanza.

– È geloso – disse la negromante. – Bada, Trottolino, che il Signore ti fa totò.

Trottolino piangeva cheto a rari singulti, e faceva le labbra dolorose. La madre attese che il pianto cessasse, e poi offerse ancora qualcosa da ammirare al signor Cav. Bajs: ma il piccino levò i suoi moncherini per impedirlo.

Senonchè l'atto violento che fece, gli provocò dolore nelle braccia piagate. Scoppiò in un pianto nuovo e disperato.

– Uff! Questo bambino è la mia condanna, – disse lei tristemente, abbassando la stupida testolina frisée e profumata di muschio.

– È una specie di guardia di pubblica sicurezza messa al nostro servizio! Ah, prego! anche troppo!.

Il Cav. Bajs era ormai venuto nella persuasione che quel marmocchio gli vietava l'attimo fiammeggiante. Era anche confortevole al suo amor proprio riversare tutta la colpa di questa deficienza. su quell'infelice.

– Gli piacciono i dolci al vostro piccino? – domandò allora levandosi in piedi e togliendosi quella femminetta dalla pelliccia.

– Credo di sì, – disse, – ma chi glieli può comprare?

– Allora, piglia, caro piccino.

– Ve, ne andate? – domandò indifferentemente la piccola madre.

– Verrò un altro giorno.

– Sì, vieni la sera, – disse lei – quando questo seccapiedi dorme.

Ma già al suo levarsi, il pianto del bimbo era cessato, gli occhi brillavano di gioia; porse un moncherino e con le dita prese, come potè, la moneta d'argento di cinque lire che il Cav. Bajs gli diede. Poi alzò l'altro moncherino, e il Cav. Bajs dovette mettere nell'altra mano un'altra moneta.

– Grazie tante, signole! Grazie, – disse tutto felice, facendo un inchino col berrettino rosso.

E fu così che il Cav. Bajs non potè godere la gioia dell'attimo fiammeggiante.

I CAPELLI DELLA SIGNORINA BIBI

Fu la signorina Bibi che mi disse:

– Sapesse che cosa mi è capitato dal dentista!

Ma poi si rifiutò di raccontare. Le venne un rigurgito di risa, con una serie di spasmodici, no!

Sua cognata voleva lei raccontare, ma non potè andare più avanti di: «dunque Bibi ha un dente cariato», che Bibi le chiuse con la manina la bocca.

Disse tuttavia la signora:

– Certo io non mi sarei imaginata che il mio dentista, un uomo così serio... In tale caso, io non ti avrei condotta...

Ma anche per quest'altra via il racconto fu troncato, cioè fu tappato dalla mano della signorina Bibi.

– L'avventura – riprese la signora – del resto è del tutto innocente, e si può ben raccontare...

– Sì, ma io non mi gioco il mio fidanzato. Lui intanto comincia col far sapere che io ho un dente cariato...

Lui ero io.

Io infatti pensavo a questo fatto: «la signorina Bibi ha un dente cariato in bocca».

Fu soltanto quando caddero le tenebre e la luna d'agosto si sollevò piena sopra la campagna, che Bibi mi disse:

– Vuol sapere quello che mi è capitato dal dentista?

Lei, dunque, è andata dal dentista perchè ha un dente cariato ?...

– Che c'è di strano

– Nulla!

Ma io pensavo a quella creatura che già aveva un dente cariato.

Ella cominciò a dire:

– Appena siamo entrati, mia cognata ha presentato una busta dove c'erano duecento lire per un'operazione fatta a lei in antecedenza. Ma lui apre la busta, guarda e comincia a dire: «mi dispiace; sono trecento. La tariffa nuova, veda, signora, sarebbe anzi cinquecento...».

– «Scusi tanto – dice mia cognata – vado a fare alcune spese e le porto le altre cento lire. Intanto guardi Bibi». E così se ne andò e noi siamo rimasti soli.

– È un bell'uomo il dentista?

Bibi dà in uno di quegli scoppi di risa così violenti che sarebbero anche indecenti: ma sono così fulminei, che sono piuttosto sconcertanti.

– Dunque lei, signorina Bibi, era sola col dentista?

– Sì, ah quella sedia di tortura, con quell'uomo in camiciotto bianco che mi girava intorno! Io dicevo: «no, con quel ferro lungo lungo che mi passa il cervello», quando...

– Le ha dato un bacio, – dissi io.

– Chi glielo ha detto?

– È molto facile imaginare. E lei?

– Io mi sono alzata subito e ho detto «be'? Cosa fa? Oh, che roba è questa?».

– E lui?

Lui è diventato rosso rosso... con quel faccione! Pareva un sacco di farina legato con la ceralacca. Mi sono puntato il cappello, e me ne sono andata.

– E lui?

– Lui non si è mosso. Oh, buffo, quell'uomo!

E la signorina Bibi scoppiò in una delle sue strane risate.

– Ma adesso come faccio? Tornare? No. Che ne dice lei? Pagarlo? Nemmeno, perchè io ho ancora il dente cariato.

– Si potrebbe fare una cosa mandare al dentista il conto del bacio.

La signorina Bibi mi pregò di non dire sciocchezze.

Certamente io avevo detto una sciocchezza, ma una sciocchezza seria.

– E sua cognata che cosa ha detto ?

– È rimasta stupefatta.

– Crede lei, signorina Bibi, che a sua cognata sia accaduto qualcosa di simile nelle varie sedute dal dentista?

– È da escludere totalmente.

– Ammetterà, signorina Bibi, che sua cognata è una bellissima signora. E crede lei che quel dentista abbia il vizio di baciare le clienti sedute su la sua sedia di tortura?

– Non credo.

– Brava, signorina Bibi! Infatti, se baciasse le clienti, non potrebbe poi applicare le sue tariffe. Il modo poi confuso come quel signore è rimasto, dimostra che il caso è stato del tutto sporadico: cioè isolato, anormale, capisce, vero? Signorina Bibi – ripresi le dispiace se esamino il suo caso?

– Oh, faccia pure.

– Lei, dunque, era su la poltrona con la testa indietro.

– Naturalmente.

Continuai:

– Lei stava con le braccia appoggiate alla sedia.

– Sì, io mi tenevo aggrappata per il terrore di quel ferro lungo che quell'uomo aveva in mano, così.

E la signorina Bibi si atteggio com'era allora.

– Quando improvvisamente...

– No, signorina Bibi, non precipiti la narrazione. Lei come era vestita?

– Come adesso.

– Questo manto scarlatto?

– Non è un manto.

– Questo chimono...

– Non è un chimono...

– Cos'è allora?

– È una creation!

Meditai a lungo.

– Creazione di lei, signorina Bibi?

– Può darsi.

– Quando voi toccate le stoffe per queste vostre creazioni, provate voluttà ? Mi guardò stranamente.

Io proseguii:

– E le scarpe?

– Quelle che porto adesso.

– Dunque scarpe nude, scamosciate...

– E le, calze...?

– Ma lei è bene...

– Imbecille vuol dire, signorina? Dica pure. Dunque calze di seta opaca, color piombo della stessa tonalità della scarpetta, se non forse un poco più chiare...

– È intollerabile, lei – disse la signorina Bibi.

– È misticismo, signorina. Un romanziere, maestro di queste cose, è stato giudicato dalle donne: un mistico!

Capii che la signorina Bibi non capiva. E infatti ella non doveva capire. Omero capisce quando dice della reginetta Nausicae «in conseguenza di così bei vestiti, eccellente fama di voi, donne, si spande fra gli uomini». Allora proseguiamo:

– Quando improvvisamente...

– Ebbi l'impressione di un bacio – disse la signorina Bibi.

– In bocca?

– In bocca? Ah, ci sarebbe mancato altro – fece lei con disgusto.

– Ecco ecco: l'ha baciata nei capelli.

– Sì, appunto. Come fa a saperlo?

– Ecco, i suoi capelli, signorina Bibi, i suoi capelli hanno fatto perdere la testa al povero uomo.

– Già, mi pareva bene che quel testone si accostasse troppo ai miei capelli; ma non vi feci caso, sinchè proprio ho sentito la sua bocca posarsi sui capelli.

– Perdoni, signorina Bibi, la domanda indiscreta: i suoi capelli le hanno mai giocato simili scherzi?

– Un'altra volta, ohimè sì, in treno. Mi ero assopita appena che mi sentii baciare i capelli da uno che era lì. Ah mio Dio, come sono infelice!

Noi camminavamo sotto la luna: la compagnia con la quale eravamo, si era dilungata avanti e se ne sentivano chiare le parole nella notte. C'era papà e mamà.

– Vuole, signorina Bibi, che esaminiamo con più precisione il caso dei suoi capelli?

– Sì, ma non dica troppe sciocchezze.

– Signorina Bibi, se lei mi pone delle limitazioni, preferisco tacere.

– Allora parli piano. Non sente che la notte sente?

Io cominciai così piano che appena Bibi mi udì.

– Lei non è bella.

– Lo so da per me.

– ...ma presenta alcune qualità irritanti. Per esempio, la sua mobilità. Lei, anche quando è immobile, possiede un movimento per cui le confesso che anch'io provo l'istinto di farla star ferma. Lei non è elegante nel senso dell'eleganza prammatica, eppure ogni oggetto che lei indossa, partecipa della sua persona. Fra i suoi antenati esistono degli zingari, dei vagabondi?

La signorina Bibi diede in uno scoppio di risa, che si perdè nella notte.

– Poi, ecco appunto: il suo modo di ridere. Sa lei che il suo modo di ridere possiede una facoltà di disorientamento?

– Non so: può darsi – rispose la signorina Bibi. – Agli esami i professori mi hanno sempre promossa, e io non ho mai studiato.

– Lo credo, signorina Bibi. Permette che io prosegua? Lei non ha soavità di voce. Le sue parole si intricano taglienti, smozzicate. Il suo sguardo non ha languore femminile; le sue labbra, lunghe, non hanno dolcezza di ricamo. Eppure si capisce perchè il dentista ha perso la testa sino a sacrificare per un bacio la sua tariffa. Io non so, signorina Bibi, quale sia la sua anima; ma certamente i suoi capelli hanno un'anima! A proposito, quando lei sedeva su la sedia del dentista come erano i suoi capelli? Erano legati? Erano sciolti?

– Io me li lego sempre, ma essi si sciolgono da per sè.

– Ha provato a fare le treccie?

– Ho provato: Si sciolgono lo stesso. Io non ne ho colpa.

– Lo so; ma nè meno io.

– Non stanno, capisce lei?

Ella si fermò davanti a me.

Il piccolo viso pallido, con quei denti a punta, quel naso a punta, quegli occhi a punta, aveva qualcosa di primigenio, di ferino in quella cornice di capelli neri.

Ne presi un'ondata nera, che lei lasciò prendere; e si posò su la mia mano. Palpitavano come cosa viva e gonfia.

– Le donne, signorina Bibi – dissi lentamente, – che posseggono simili capelli, di solito li hanno assai corti. Lei, invece, li ha favolosi. Corrono a onde, si generano a onde, si accavallano a onde.

Pensavo a tante cose:

Diomede se ne sarebbe fatto un cimiero sull'elmo, gigantesco.

Buttai via dalla mano i capelli della signorina Bibi, e proseguii:

– È probabile che appena lei si trovò su la sedia del dentista, i suoi capelli si siano sviluppati e abbiano investito l'infelice.

– Può darsi – disse la signorina Bibi. – Ma che colpa ne ho io?

– Nessuna, ma quando lei sarà sposa, farà bene a tagliarsi i capelli.

– Ah, questo mai!

– Ama lei il fidanzato? Permette che esaminiamo questa seconda situazione?

– Come è antipatico lei – disse la signorina Bibi.

– Lasci stare questo: permette o non permette?

La signorina Bibi levò la voce e chiamò nella chiara notte:

– Laura, papà, dove siete?

– Bene, non permette. Vada pure avanti, signorina Bibi.

Ma non andò avanti.

– Permetto, ma faccia presto. Oh, che uomo noioso, anche lei.

– Andrò invece adagio. – E ripetei: – Ama il suo fidanzato? – Ma poi mi corressi. – La mia domanda è sciocca, signorina Bibi. È esatto invece quello che ha detto lei, stamane: «non voglio giuocarmi il mio fidanzato».

– Capirà che avere un fidanzato serio al giorno d'oggi, non è cosa comune.

– È molto serio il suo fidanzato?

– Anche troppo.

– È molto intelligente?

– È stato il primo agli esami di laurea.

– Lei però non lo ha mai baciato.

– Invece non è vero. È lui...

– Lui che cosa?

– Andiamo, andiamo via.

– Cos'è? ha pudore lei?

– È lui che dice...

– Che cosa?

– «Bibi, Bibi – dice – tu baci...».

– Ma andiamo, via!

– No, non ve lo voglio dire... «Tu baci come...».

– Come una cocotte – finii io.

Bibi sorrise.

– E lui ha lasciato lei più volte, vero?

– Tre volte.

– Ed è sempre tornato.

– È tornato sempre! Sua madre va dicendo che io le ho stregato il figliuolo.

– Infelice!

– Eh?

– Però io credo che se lei perdesse quel fidanzato, ne troverebbe facilmente un altro.

Rispose la signorina Bibi; – Credo. – Poi soggiunse: – Molte signorine dicono oggi che si può fare a meno del fidanzato...; ma è stupida cosa dire così.

– Perfettamente. È cosa stupida. Un marito è un certificato di subita vaccinazione.

La signorina Bibi mi guardava con occhi attoniti.

– Però non teme lei, signorina Bibi, che suo marito le imponga, poi, delle limitazioni?

– Mi ha fatto giurare che quando sarò sua moglie, non ballerò più, e gli abiti me li farò scegliere da lui...

– E non le ha detto di tagliarsi i capelli? È evidente che no. Lui è attaccato qui, e non si può staccare.

Bibi rideva alle sue parole.

– Ma cosa fa, signore? Be'? Che roba è questa?

Io la aveva afferrata al lume della luna.

– Bibi, Bibi! Làsciati baciare i capelli.

Come era felice nella primavera dell'anno 1919 il giovane Marco!

Ciò può sorprendere dopo tanta guerra; ma la ragione è che l'anima di Marco era fiorita dopo la guerra. Noi, noi vissuti prima della guerra, portiamo con noi troppe melanconie. Il giovane Marco non portava nulla di queste cose. Portava nella sua valigia, pijamas di seta, abiti di squisita originalità (opera di misterioso artefice, o sarto come volgarmente si dice), portava cravatte dai colori che non aveva che lui, con spille che non aveva che lui, fazzoletti con trine arcaiche che non aveva che lui, e infine portava un profumo che era la sua personalità. Le sue mani, dalle unghie scarnificate, portavano anelli di oro pallido con perle e cammei. Nel cervello portava alcuni rari nomi di pittori e poeti, fra cui Apollinaire.

– Oh, Apollinaire!

Marco era indulgente, con bello ambiguo sorriso, per tutte le cose, fuorchè per la divina bellezza, riguardo alla quale era giudice severo.

Non enunciava mai la divina bellezza, senza un fremito che si comunicava alla chioma ondulata!

Con grande spasimo Marco aveva composto alcune liriche piene di terrore panico, fra le quali una su la guerra, alla quale non era stato; ma aveva saputo riprodurre la canzone delle mitragliatrici, e gli urli dei feriti.

Ma fatta eccezione di questa lirica, relativa a cosa, transeunte e contingente, egli non si occupava se non di ciò che vive sub specie æternitatis.

Avendo faticato a creare queste liriche, Marco riposò. E poi viaggiò. E viaggiando, aveva conosciuto altri fratelli, giovani come lui, nel culto della bellezza.

«Tu sei Marco?» «Io son Marco! E tu sei Luca. E tu sei Giovanni»: «Sì, io son Luca, io son Giovanni!»

E dopo aver viaggiato. Marco ritornò a Roma e riposava nei grandi hôtels.

Marco era libero da preoccupazioni economiche, perchè la sua anima era fiorita quando cinque lire valevano quello che era la vecchia lira; e i genitori di Marco avevano guadagnato tante lire!

Il numero del telefono dei genitori di Marco era 2635.

Il babbo e la mamma di Marco erano un po' stupiti come da loro fosse venuto fuori un figliuolo così. Ma dolcemente stupiti. Il babbo ebbe, a dir vero, qualche dubbio di essere lui il padre di Marco; e: «Sei sicura – domandò un giorno alla moglie – che Marco sia figlio di me?»

Ma la domanda era inutile.

Marco non soltanto era nato in casa, ma il naso, la bocca, i piedi e le mani di Marco erano quelli di suo padre: uguale, uguale, fuorchè la proporzione, perchè il padre di Marco superava il quintale, e Marco era poco più della metà. Il padre di Marco beveva vino, ma Marco era astemio.

Il padre di Marco, anzi, diceva: «Questo mio figliuolo, tranne quello di fare le poesie (egli non sapeva la parola liriche), non ha altri difetti».

E che cosa ne nacque? Una meravigliosa rinomanza.

Egli era puro; e non soltanto nella lirica, ma anche nelle altre cose!

Forse non lo era: ma per quel dono che hanno quelli che sono in istato di grazia, capì che era bene lasciarsi credere puro.

E le dame e le damigelle di quella aristocrazia che frequenta i tea-rooms, le halles dei grandi hôtels, i viali di villa Borghese, guardavano, con i grandi occhi. Marco che era così bello e giovane, ed era puro. «Ma non ha mai amato lei?» gli domandavano le damigelle.

«Mai! Ohimè, mai! –»

«Strano!»

E le damigelle guardavano colui che era puro, e non aveva mai amato.

«E – dicevan le dame – non avete gustato voi, Marco, in un bacio sia pur senza amore, tutte le fragranze della terra?»

Egli guardava le dame e diceva: «Io attendo».

«Ma che attendete?»

«Colei che deve venire».

«Con tante dame, damigelle come si fa ad attendere?» parevano esse dire.

Ma egli spiegava il gran mistero d'amore, e diceva alle dame e alle damigelle cose che le facevano rabbrividire: come conveniva vestirsi a modo di vestali, con tutte le bende ieratiche, e soffrire al gran rogo di amore. O anche non vestite, in perfetta nudità; ma soffrire sempre.

«No! no! la comune voluttà! Qualcosa come la transustanziazione dei sessi, il divino androgino, verrà! e in quel giorno l'ardore sarà così immenso che la materia corporea si dissolverà.

– Ma, signore – aggiungeva – Dante (questo nome egli lo nominava) non trasumanò forse la volgare Beatrice? È necessario, signore, creare la propria divinità!

Marco non era pittore, eppure per le dame e le damigelle disegnava simboli ai manti e alle vesti; e gli occhi medusei, e la piccola bocca atteggiata nei gridi supremi! Come nei figurini. Marco non era filosofo, ma ammaestrava nella impassibilità suprema verso tutte le cose che non fossero la divina bellezza. Marco non guidava le dame e le damigelle ai moti plebei delle danze moderne, ma insegnava i ritmi misteriosi del corpo: e la scalea meravigliosa delle Trinità dei monti era come palestra. Ma non oltre!

Poteva offrire all'adorazione un qualche suo prezioso monile, o la scatola niellata della cocaina, ma non oltre, onde le dame e le damigelle si sussurravano fra loro: «Ma è vergine costui?»

Egli fu chiamato l'annunziatore.

Ohimè ohimè. Marco, che facesti tu mai?

Quale distrazione ti colse? Come non pensasti tu?

Ah, fu irreparabile male! Perchè un giorno – ah! un cattivo demone lo beffò – egli diede alle dame il numero del suo telefono. Numero 2635.

E le dame dissero: «Andiamo a trovare Marco a casa sua!»

Chi erano queste dame?

Io non lo so, e nessuno lo saprà mai. Ma non importa.

Erano dame ibseniane, dai volti medusei, di quelle che sono nate al nord e in primavera vanno verso il sud.

Erano di quelle dame che ebbero forse marito ma hanno detto al marito: «la tua verità non è la mia verità», e affermano di avere sesso differente perchè hanno un'anima differente. Hanno il sogno infranto, e il volto dipinto: non chiamatele Noemi, chiamatele Mara.

Avevano grandi manti, sottili caviglie e penne di colibri.

Sappiamo che il babbo di Marco si vide d'improvviso apparire le meravigliose dame.

«Noi abbiamo certamente sbagliato – esse dissero. – Questo non può essere il numero del telefono 2635».

«Signore mie, questa è la mia casa e questo è il mio numero, 2635».

I grandi occhi delle dame si guatarono fra loro.

Disse una: «È impossibile che qui abiti Marco».

«Marco, mio figlio? abita qui».

«Voi, il padre di Marco? Oh!».

«Credo bene di sì».

«Marco il poeta?».

«Ohimè, sì, signore mie. Ma si accomodino, ma entrino. Ora lo vado a chiamare».

Le dame non si accomodarono; e nemmeno osavano entrare.

Tremavano.

«È impossibile» diceva l'una all'altra.

«Ora chiamo Marchino» disse il babbo. E chiamò: «Marchino! Marchino!»

«Ma quell'uomo è lui! – disse allora una delle dame. – Si assomiglia a lui».

Quell'uomo, con un grembialone concavo per il gran ventre, stava ritto davanti a loro; e nella forte mano stringeva un coltello.

Un terrore panico prese le dame. Su la bottega era scritto: Formaggio pecorino, norcineria e generi affini.

Le dame ad una ad una sparvero senza far motto.

PAPÀ, UN PO' DI MORALE!

Appena sceso alla stazione di T... (fine di novembre 1917), il signor Brais domandò dove era il ristorante del «Fagiano d'Oro». Tutti glielo indicarono, perchè era il luogo dove meglio si mangiava nella città di T...

E infatti, il signor Brais capì di essere arrivato al regno del «Fagiano d'Oro» più che dal pallone elettrico che rompeva la nebbia autunnale, da un odore di cucina, veramente provocante in questi rei tempi. E non ebbe nemmeno bisogno di domandare: «mio figlio il sottotenente ingegner Brais, fa qui i suoi pasti?», perchè un uomo piccolo, svelto e pingue nel tempo stesso, che non poteva essere se non il felice proprietario del «Fagiano d'Oro», avanzò con un bel volto, che parea rosolato, anch'esso come un fagiano, e con un bel gilè, ricco di medaglie d'oro.

Disse, senz'altro, in una sua loquela lombarda: – Lu l'è el papà del scior tenente Brais. Si capisce dalla fisonomia. Pinella! Accompagna el scior, e prendi la valìgia, bèstia! E metto, vero? un coperto anche per lei vicino a suo figlio. Adesso va giù un risottin all'onda cont i fong.

Il pinella cioè il garzoncello, aveva detto di sì, che sapeva dove stava d'allòggio il signor tenente, ma poi in un dèdalo di viuzze, e poi per un labirinto di scale buie, si smarrì. Ma un ritàglio di luce che trapelava da un uscio, e un ritocco di chitarra dìssero al cuore del signor Brais: «tuo figlio è là!»

Profonda emozione del signor tenente alla vista del papà.

– Come hai fatto a trovarmi, papà?

– È un labirinto infatti, dove tu àbiti. E che cosa fai, figlio mio?

– Mi consolo in questi tempi calamitosi con un po' di mùsica.

– E va bene.

Il signor Brais cadde in una bellissima poltrona che era lì. Capirete, dieci ore di viàggio per percorrere cento chilometri, e cento venti minuti di ritardo!

– Sì, va bene: è una bella stanza.

Brais, figlio, lusingato, aprì la corrente di tutte le lampadine, e fece in onore di papà, un'illuminazione a giorno.

– Naturalmente – disse Brais figlio – me la sono poi «rangiata» io, col mio buon gusto, questa camera.

– E hai fatto bene – rispose Brais padre.

– Se ti vuoi lavare, papà...

– Sì, laviamoci.

– Mi pare – diceva lentamente il signor Brais padre, asciugandosi e curiosando –, che tu abbia qui un'esposizione di attrezzi da toilette di molto lusso. Io, ai miei tempi, quand'ero alla tua età, un pezzo di sapone, un pettine, e basta.

– Ai tuoi tempi, papà, non si conosceva l'igiene. Io ho appena il necessario. Del resto, capirai, papà, in questi tempi calamitosi, in cui domani possiamo essere in trincea, finchè si può…

– E va bene, figlio mio.

– Ti posso offrire un vermut, papà?

– Perchè no?

– Ma – disse il signor Brais, osservando l'armadietto pieno di fine cristalleria, – mi pare che tu abbia in casa una buvette.

– I tempi sono infelici, papà, e bisogna non pensare troppo a tante cose successe recentemente. Evitare la malinconia, papà!

– E va bene. Ma di' un po', figlio mio – disse il signor Brais, osservando meglio, – perchè questo letto a due posti? È una piazza d'armi questo letto!

– Un bonissimo letto, papà. C'era già da prima, e oggi mi serve per voltarmi dalla parte destra quando non si può dormire dalla sinistra.

– Tu vuoi dire: «approfittiamo finchè si può».

– Ecco che hai capito, papà.

– A propòsito di letto –, disse il signor Brais, – io ti volevo dire che sono molto stanco. Vedi tu se all'albergo puoi trovarmi una camera.

Il signor Brais figlio andò, e la stanza era così illuminata che il signor Brais padre dovette per forza osservare le pareti. Si alzò dalla poltrona, ed esaminò.

Il signor Brais figlio, ritornò dopo un quarto d'ora:

– Impossibile, papà, trovare una camera, anzi inutile fare ricerche: gli ufficiali inglesi hanno occupato tutto.

– E facciamo posto ai cari ospiti, nella speranza di non dover far posto ad altri ospiti, che ci mandino a dormire oltre Po.

– Speriamo di no, papà: ma ti prego, non parliamo di malinconie.

– E dimmi, figlio mio, tu mi offri allora, per una notte, l'ospitalità della metà del tuo letto?

– Perchè no, papà?

– Lo dici però con poco entusiasmo.

– Sai, papà, adesso è tempo non di entusiasmi, ma di molto sangue freddo; come gli inglesi. E poi ti dirò: l'idea di avere una persona vicina in letto, mi fa senso. Ma per una notte e anche per due...

– Grazie, figlio mio.

– Sentirai un letto che è un bijou! Soffice e profondo. Ma andiamo a cena, papà?

– Andiamo, figlio mio; ma ti volevo dire una cosa: quando tu sei uscito, ho osservato le pareti...

– Carine, è vero, papà? È una serie di cartoline di creazione italiana, e tu sai bene che d'ora innanzi conviene sostenere l'industria nazionale.

– È un'esposizione di varie gambe quella che tu hai qui...

– Ma hai osservato, papà, come finemente calzate? Ai tuoi tempi, vero che non usava così? Rialzano lo spirito dalla visione di tante cose brutte...

– Tu lo chiami spirito –, disse Brais padre.

– Fra spirito e carne sai bene, papà, che oggi la scienza non fa distinzione. Del resto seguo i tuoi precetti.

– Che?

– Dici pure, papà, che la donna con la testa non capisce niente? E io la guardo dai piedi. Le donne del resto si vendicano così: oggi sono i piedi che contano. Però, ammetti, che piacciono anche a te.

– Figlio mio, non divaghiamo. Andiamo a cena, piuttosto.

Ma se la camera era abbagliante di luce elettrica, le scale erano buie, tortuose, strane, e la gelida nebbia del novembre vi entrava a buffi dai finestroni aperti.

– Mi pare l'albergo del libero scambio – borbottava il signor Brais padre. – Forse è per questo che tu non hai dato l'indirizzo di casa, ma quello dell'albergo del «Fagiano d' Oro».

All'albergo, il «risottino» era al punto, e il felice proprietario, in onore di Brais papà, venne lui personalmente a spargere alcune fettine di tartufi; e alcuni motti leggiadri lombardi sparse egli altresì.

– Chi sa che prezzo lo mette adesso questo risotto – disse Brais padre.

– Pago io, papà.

– Questo poi non mi pare esatto – disse Brais padre.

Ma il signor tenente non potè cominciare nemmeno a mangiare il risotto, perchè il pinella venne discretamente a dire che una persona aspettava di là.

– Un momento, papà.

E andò.

Passò un momento, ne passarono due.

Il signor Brais stette per un po' con la testa alta ad osservare quella gran sala piena di monture grigioverde italiane, ma più di rigide monture dorate. Erano gli inglesi venuti a salvare l'Italia dopo Caporetto. Ah, ironia! Era triste, il signor Brais, e tutti parevano tristi: solo il proprietario del «Fagiano d'Oro» era allegro.

Ma poi chinò il capo sul piatto, e mangiò il risotto.

Mangiato che ebbe il risotto, cominciò a leggere il giornale.

«Questo figliuolo è scomparso» pensava.

Comparve alla fine.

– Cose di servizio, papà. Come era il risotto? Ma non leggere il giornale, se no ti guasti la digestione.

– Può darsi che tu non abbia torto, figliuolo.

– Papà, andiamo a prendere il caffè?

Ma il signor Brais aveva sonno e preferì andare a dormire.

Sì, il letto meritava tutti gli elogi. Vi si sprofondava deliziosamente con una piacevole sensazione di fine tepore.

Ma quella mollezza di dolce letto richiamò per antitesi, la disperata in trincea!

Sul tavolino da notte vi erano diversi libri, e il signor Brais padre li aperse per scacciare quelle imagini.

Un libro era: Claudine à l'ècole, un altro libro era: Souvenir d'une femme de chambre.

«Qui mi pare che andiamo piuttosto male, male!»

Ma era tanto stanco il signor Brais padre che non potè leggere. Spense la luce. Il cuore gli cadde, gli occhi gli si chiusero, e quasi gli pareva di dormire, quando fu scosso violentemente.

Un po' per volta percepì una vocina stridula e feroce che diceva: «Totò, canaglia! Fingi di dormire. Ma ti sveglierò io. Sei una canaglia; lo sai che sei una canaglia? E quelle scarpe quand'è che me le compri? Sempre la scusa che il canuto genitore non manda soldi. Invece è che fai l'asino a quell'altra. Ma aspetta! Dopo tutto quello che ti ho dato!»

Il signor Brais, atterrito, girò la chiavetta della luce, ma vide appena, che sentì un grido, e una figura scomparve, nel modo stesso che nel sogno scompare l'imagine se nel buio della stanza entra la luce. Non era un ladro e nè meno un sogno.

– Papà, come hai dormito? – domandò Brais figlio al mattino.

– Bene, figlio mio.

– Vero che è un letto eccellente?

– In fatto. E tu hai dormito?

– Niente papà. Colpa tua! Tutta notte non hai fatto che russare, certi urli, certi versi! Fischiavi anche. Facevi senso! E poi, sai bene, che la sola idea di un'altra persona in letto non mi fa dormire.

– Dormirai questa notte, figlio mio, perchè parto stamane; ma ti volevo dire soltanto una cosa: quei libri che hai sul comodino, credi, non vanno bene. Seriamente, vanno molto male!

– Papà – disse Brais figlio – pretendi che legga io un libro di filosofia?

– Non scherzare, figliuolo!

– Allora, se non vuoi che io scherzi, ti dirò che non te ne intendi di letteratura.

– Eh?

– Ma sì, papà! Questa è letteratura morale rispetto a quella di oggi.

– E allora un'altra domanda: le fanciulle, qui in provincia, sono evolute e coscienti come a Torino?

– Perchè mi fai questa domanda?

– Per mia istruzione.

– Capirai che adesso non c'è più distinzione fra città capitale e provincia...

– Capisco, e un'altra cosa...

– Di', papà!

Sorbivano il caffè, che l'ordinanza accuratamente aveva preparato in un bel fornellino a spirito.

– Sì, eccellente caffè.

– Un po' di cognac, papà?

– E vada per il cognac; ma ecco quello che ti volevo domandare: cosa paghi un paio di scarpe?

– Dieci lire e cinquanta, le scarpe del governo; ma non ne approfitto.

– No, caro, volevo dire le scarpe pel governo delle donne: le scarpe là di quelle cartoline illustrate.

– Ah, quelle? Non hanno prezzo: il mio professore di economia politica ci diceva che al tempo degli assegnati, in Francia, un paio di scarpe poteva costare cinquecento lire. Ci andiamo avvicinando.

– Bada, bada, figliuolo che anche questo non va bene.

– Non pretenderai mica che io vada in giro qua e là! L'igiene anzi tutto! Tu, alla tua età, puoi fare a meno di certi articoli di toilette, ma capirai che io, se lascio passare questi anni, dopo non tornano più indietro. Ma che dico anni? Forse giorni.

– Sì, capisco: ma mantener donne...

– Mantener donne? quale errore, papà! Ma sai tu che se io mantenessi veramente una donna, te ne accorgeresti subito? Che invece di quelle cento lire al mese che mandi, ci vorrebbero migliaia di lire? Tu non ne hai la più lontana idea. Un paio di scarpe oggi rappresenta quello che, ai tuoi tempi, era il regalo innocente di una camelia o di un mazzolino di viole. E poi capirai...

– Si, lo so: coi tempi calamitosi che corrono.

– Ecco che anche questa volta hai capito, papà. Ringrazia il cielo che hai un figlio modello, hai il più onesto dei figliuoli, che fa la guerra per la patria, vive col suo stipendio e non s'arrangia in nessun modo. Sapessi cosa vuol dire, arrangiarsi! È per questo che ti dico: onorami e non disprezzarmi. E mi lasci così, papà?

– Un bacio, figlio mio.

– Sì, ma capirai che col bacio non pago la pensione.

– Ebbene, sia.

E il signor Brais aperse il portafoglio.

– Tieni a mente, figlio mio, però, questa verità di economia sociale, vera in ogni tempo; una generazione accumula, l'altra generazione consuma, e la terza va in miseria.

– È bene, papà, che le generazioni si alternino al potere, se no avremmo il dominio di classe. Del resto il tuo mestiere, adesso, papà, è di fare il papà. Ed io non so se ci arriverò a farlo. E poi pensa: accumulare capitali può essere cosa pericolosa. Un po' di morale, papà.

COME LA GENTILE IRENE NON FU FEDELE

– Lei sarebbe allora, come dice qui la Pergolini Irene?

Il biglietto di visita diceva, infatti: Pergolini Irene dattilografa, e il ditino guantato della signorina Irene era teso, come una freccia gentile, contro la Pergolini Irene, stampata lì. Ma quel villano dell'avvocato Carrà fece saltare il cartoncino ad un angolo del tavolo verde e non disse nemmeno, «si accomodi» su la poltrona lì di fianco. Perciò Pergolini Irene si irrigidì.

L'avvocato Carrà distese le gambe, distese il suo corpaccio dentro la poltrona, rivolse la faccia butterata e gonfia contro la nominata Pergolini la percorse su e giù e disse così:

– Allora parliamoci chiari e una volta tanto. Punto primo: io pago eccezionalmente, così e così; punto secondo: se lei soffre di emicranie e di altre faccende, come la signorina A*** che ne soffriva tutti i sabati sino al martedì, questo posto non è per lei. Punto terzo: dichiarare subito: sa scrivere senza spropositi? è capace di non mettermi le carte in disordine?

– Ho la licenza tecnica – disse la vocina della signorina Irene.

– Questo non vuol dir niente. E adesso stia bene a sentire: è sentimentale lei? Io sono specialista in separazioni, divorzi e generi affini. Io non voglio commesse sentimentali, come la signorina R***, che sveniva a tutti i casi delle povere mogli. E adesso veniamo al punto più importante: qui non si fanno sorrisini, occhi di pesce morto. Questo non è un Ministero! Non protesti perchè so quel che dico: io, poi sono corazzato: una donna e il cardinale arcivescovo per me è lo stesso. Fuori di qui, lei fa poi quello che vuole. Se le piace è così, e se no, lee la po' andà.

La signorina non si mosse più che una statuetta di biscuit.

E allora l'avvocato Carrà trovò che c'erano altri punti importanti perchè aggiunse così:

Badi bene, signorina, che io non sono cavaliere, come diceva quell'altra che è andata via. Io saluto, non saluto, sto in piedi, sto sdraiato, sto con le gambe in aria, e fumo. Se non le va, lo dica prima.

– Fumo anch'io – disse la signorina.

Questa semplice risposta sconcertò l'avvocato. Tornò a guardare su e giù, e poi disse: – C'è dell'altro! C'è il caso che lei, qui, senta qualche ragionamento che non si trova nei libri della costumata gioventù. Se questo genere di letteratura non le va, non stia a sentire come faceva quell'altra signorina.

E aspettò che la signorina Irene rispondesse qualche cosa.

Ma la signorina Irene nulla rispose.

Alle dieci precise del giorno seguente la signorina Irene picchiettava con notevole diligenza.

Alle dodici, sospendeva il tic-tac, estraeva dalla borsetta la colazione; faceva colazione, poi si lavava le manine, poi leggeva sino alle ore tre, in cui l'avvocato con una faccia apoplettica e un enorme avana in bocca ritornava dal ristorante.

La signorina Irene Pergolini era uno di quei fiorellini gentili che crescono sull'asfalto delle grandi città: un po' rachitica, un po' anemica, ma più tenace che non dimostri l'aspetto. Queste amabili creaturine vivono del loro lavoro, in attesa del poema della tenerezza e dell'amante perfetto. La loro colazione è scarsa; ma nel romanzo preferito trovano l'amante perfetto, le scintillanti cene dei grandi alberghi, e gli sleeping cars. Queste cose poi si vedono anche, e meglio, al cinematografo.

L'amante di Irene Pergolini era onesto e si chiamava Gennaro: era un postelegrafònico, portava un colletto smisurato, ma non perfetto.

Ogni sera, alle sette, Gennaro era di servizio alla portineria dell'avvocato Carrà.

Prima settimana: disse l'avvocato Carrà alla signorina Irene: – Senta, dica al suo amante di aspettarla un po' a distanza. Pare un usciere per il sequestro.

– Amante? Oh, signore! Il mio fidanzato! Ha già chiesto il trasferimento a Napoli.

– Bene, ma si guardi dai napoletani – dice l'avvocato Carrà. – Sono di una gelosia intollerabile. Mi risulta dalla pratica professionale.

– Se non mi troverò bene – rispose la signorina Irene – mi separerò. Il medico ha detto che l'aria di mare mi farà bene, a Napoli.

Seconda settimana.

L'avvocato Carrà sorprende la Pergolini Irene che si strofina le unghie.

– La vuol smettere di lavorare le sue pipite?

La signorina Irene non rispose, ma lo guardò con occhio fermo che voleva dire: «che c'entra lei? L'orario comincia alle tre, e adesso sono le due e mezzo».

Terza settimana: lunedì mattina.

La signorina ha dimenticato sabato sera di portar via il romanzo preferito. L'avvocato l'ha visto, l'ha letto forse; ma certo al mattino, appena la signorina entra, dice così: – Ah, bei libri! Lasciamo stare l'amore in tre, che è necessario anche per la mia professione; ma questa è degenerazione: cocaina, morfina, minorenni, omosessualità. Io mi meraviglio di lei, signorina!

La signorina non si meravigliò affatto. Si limitò a dire: – È la rappresentazione della società borghese che non lavora. Anzi è un libro morale. Lei però poteva fare a meno di guardare quello che leggo.

Ma l'avvocato, un altro giorno, guardò quello che c'era dentro un pacchettino lieve lieve, e vi trovò un paio di calze di seta con la fattura: lire cinquanta.

– Ma ve ne sono da duecento e più – disse la signorina. – Questo è un prezzo modesto. Non pretenderà mica che vada fuori con le calze bucate? Del resto lei mi faccia il piacere di non guardare nelle mie cose, come io non guardo nelle sue.

Ma la quarta settimana l'avvocato Carrà non potè tacere.

Un signore molto serio era entrato nel suo studio, e ne era uscito dopo un lungo colloquio. L'avvocato Carrà lo aveva accompagnato sino alla porta, ma nel ritornare indietro, vedendo la signorina che lavorava tranquillamente, non potè tacere. Si fermò e disse: – È inaudito. Sono venti anni che faccio il professionista, ed è la prima volta che mi accade un caso simile. Ha visto quel signore che è uscito adesso? Ebbene quello è un marito che è venuto da me affinchè io interponga i miei buoni uffici presso la sua signora, la quale si vuole separare da lui. Egli non vuole, egli dice che la più grande soddisfazione per un uomo è avere una moglie che abbia, non un amante, ma più amanti, una serie di amanti, come una vera cocotte. E poi ha il coraggio di finire con questa conclusionale: «perchè lei non ha provato, avvocato, perchè lei non ha moglie. Ma se provasse!»

L'avvocato Carrà rideva. Ma poi si fece serio.

Irene Pergolini era impassibile; non arrossiva nemmeno. Era anemica, capisco! Ma neppure un po' di rossore!

– Ma lei, scusi, capisce o non capisce?

Irene Pergolini rispose che aveva capito benissimo, ma che il fatto è spiegabile.

– La società borghese è fetente – come dice sempre il mio fidanzato.

Ma con la quinta settimana è venuta la primavera, e la signorina porta un mazzo di violette sul petto, e per non sporcare la vestina bianca, ci mette sopra un grembiulone di lustrino nero. Era il tempo del ritorno delle rondini, e Irene pareva una rondine e anche una educanda.

Questo vestito sobrio e virtuoso irritò molto l'avvocato Carrà: disposto a pagare del suo un abito nuovo nel caso che la signorina si fosse insudiciata, ma non portasse quel grembiulone di lustrino. – Non creda mica di sedurmi, sa! È che la roba nera di lustrino mi irrita. Come toccare il velluto. Ci vuol altro, ci vuol altro che quei quattro ricci appiccicati alla fronte!

La signorina non rispose nemmeno, ma fece con la mano un gesto di disprezzo, che voleva dire tante cose.

– Lei si deve spiegare.

Ma la signorina si rifiutò.

– Mi vuol forse obbligare con la forza?

– Ah, che mi rompe un dito! Ebbene sì, allora glielo dico: ma stia fermo: lei è più accanito degli altri. Ma si vada a raccogliere nei casti pensieri della tomba! Infame e villano!

L'avvocato Carrà è veramente villano: aveva spezzato un'unghia alla signorina! E, quello che è peggio, le aveva slogato il ditino pollice, così che l'aveva resa inabile al lavoro.

L'articolo 1511 del Codice Civile del resto parla chiaro: «Qualunque fatto che reca danno ad altri, obbliga quello per colpa del quale è avvenuto, a risarcire il danno».

Gennaro attese una sera, più sere la fidanzata.

Ma invano!

L' avvocato Samuele Carrà non poteva condurre la signorina Irene a Napoli perchè troppo distante dal centro dei suoi affari, ma la condusse a Santa Margherita Ligure, dove c'è il mare azzurro lo stesso. Non vi sono le zàghere, è vero, ma il conforto del grande Hotel può servire come surrogato.

D'altronde queste creaturine cresciute sull'asfalto delle grandi città hanno il loro destino segnato; esso è tutto fuorchè l'arduo compito di accostarsi ai fornelli e procreare figliuoli, ciò che nell'eufemismo degli esteti è significato con le parole: «la maternità le era negata!».

COME LA SIGNORA ANDROMACA FU DOLCEMENTE SPAVENTATA

Non trovai nella villa che la signora Andromaca. Tutte le signorine erano andate a spasso. Essa cuciva dietro le lenti. Io domandai il permesso di attendere e seguitai una mia lettura; ma non potei continuare:

– Be' e quando dice lei che si starà un po' bene?

La signora Andromaca levando gli occhi dal cucito, mi aveva rivolto questa domanda. La voce aveva prima gorgogliato passando attraverso zone catarrose del lungo collo, e poi era venuta fuori quella domanda che ho detto.

– E non sta bene lei? Lei ci vede bene a cucire.

– Ohi! cucio anche senza occhiali.

– E allora cosa vuole di più?

E ripresi la lettura.

Ma la signora Andromaca m'interruppe ancora:

– Io voglio dire: quando verranno giorni migliori.

– Migliori in che senso?

– Che si stia un po' bene.

– Allora come prima – dissi io. – Non sta bene lei?

E ripresi la lettura.

Ma la signora Andromaca m'interruppe ancora:

– Ma non capisce lei quello che io dico?

– Io? No.

La signora Andromaca rimase con la bocca aperta, e allora osservai che aveva tutti i denti naturali.

– Guardi che è straordinaria lei, signora – dissi. – Alla sua età, ancora tutti i denti in bocca! Lei deve digerire benissimo. Quanti anni ha? Scusi?

La signora Andromaca non rispose a questa domanda. Disse:

– Non mi lamento mica. Ma lei non risponde a quello che dico io.

– Io credo, signora, che conservare tutti i denti in bocca fino alla sua età, sia uno dei più sicuri indizi di un organismo di buona razza.

– Mio padre – disse ella – è morto a novantatre anni, e mia madre a settantanove.

– E lei, signora, cammina svelta per la via, come una giovane. Che vuole di più?

– La carne non mi pesa.

Dentro la veste di seta nera della signora Andromaca si vedeva il lungo scheletro; e benchè quella curva che nella giovinezza le donne hanno davanti, fosse andata a finire nella schiena, tuttavia dissi ancora:

– Lei dev'essere stata anche una bellissima donna.

– Ma che c'entra adesso questo? Chi si ricorda più!

– Non ha nemmeno i capelli bianchi...! È sorprendente! Lei conserva anche tutta la sua memoria?

– Grazie a Dio, sì...

– E lavora per casa!

– Per fortuna basto a me, e lavoro anche per gli altri. Ohi, non vede?

(Cuciva una cuffietta).

– Ma cosa vuole più di così, signora Andromaca? Alla sua età, fresca, viva, sveglia!

E allora pensai ai miei morti. Mi vinse tristezza; e ripresi la lettura.

Ma la signora Andromaca m'interruppe ancora:

– Insomma lei non mi vuol rispondere.

– Ma a che cosa?

– Non faccia finta di non capire, che lei capisce meglio di me.

– Cos'è? Ha paura della rivoluzione?

– Sì bene, la rivoluzione! – fece la signora Andromaca buttandosela con la vecchia mano allegramente dietro le spalle. – La rivoluzione da noi non viene.

– Invece io dico di sì.

– E io dico di no.

– E se lei dice di no – dissi io – perchè me lo domanda? La rivoluzione, la rivoluzione... Ma non la fanno gli uomini! Gli uomini non hanno mai fatto rivoluzioni.

La signora Andromaca mi guardava trasognata.

Io conclusi: – Ma esiste un genere di rivoluzione che è fatta dalle cose, e questa rivoluzione verrà, anzi ci siamo in mezzo.

E ripresi la lettura.

La signora Andromaca a queste mie parole stette con l'ago sospeso, e disse:

– Io voglio dire: quando la roba che si compra, costerà un po' meno, quando la gente si metterà un po' tranquilla.

Io risposi tranquillamente: – Mai!

– Oh, mai è un po' troppo.

– E allora perchè me lo domanda?

– Perchè lei legge i libri, i giornali, quella roba lì.

– Leggo, ma non mi occupo di politica. Guardi! – e mostrai il libro che leggevo. – Un poema cavalleresco in ottava rima.

Ma la signora Andromaca era indifferente alle ottave; lei voleva sapere quando il burro costerà meno, quando la carne costerà meno, quando si troverà l'olio buono, così che si possa fare un fritto onesto; quando si troverà un po' di farina buona, per fare un dolce. – Ho dovuto fare ieri il ciambellone sul forno di campagna, perchè il fornaio dice che è proibito cuocere dolci. E il latte? Due lire il litro. E le uova? Ma cosa? le galline non fanno più uova? le mucche non danno più latte? E allora perchè tutto deve crescere? È che son tutti ladri! Il macellaio, badi, ruba sul peso, ruba sul prezzo, ruba su la qualità. Ruba in tre modi, e non si può dir niente. Ieri glielo ho detto, e stamattina ha fatto peggio.

– E cosa gliene importa a lei? – domandai.

– Come? cosa me ne importa a me?...

(Io volevo dire: «tante persone alla sua età sono già sotto terra, e lei perchè si preoccupa di quello che avviene sopra la terra?» E allora domandai così:

– Ma vi sta bene lei a questo mondo?

– Ohi! Finchè mi lasciano, ci rimango. Qui so come sto, e là non so come starò. Ma perchè lei dice «mai?»

– Dico mai perchè mai. Perchè siamo in troppi. È una cosa che nessuno vuol capire e perciò non gliela volevo dire. Voialtre donne buttate sul mercato una eccessiva quantità di gente, e nasce quello che nasce. Cosa crede lei che la guerra sia nata per questo o per quello? Ma niente affatto! Perchè siamo in troppi. Non conoscete la geografia, non conoscete la statistica, e poi volete parlare! Sa lei in quanti erano in Germania nel 1870? Cinquanta milioni. E adesso, sa quanti sono? Settanta milioni. E la Russia sa quanti bolscevichi che fanno uà! uà! getta ogni anno? Due milioni. E l'Italia sa di quanto è aumentata in un secolo? Del doppio. Tutta gente che vuole mangiare: e appunto mangiare ciambelle, carne di vitello, tagliatelle col burro, bere vino buono ecc. Non è più come una volta che un bel piatto di insalata, due fettine di salamino mandavano a letto la famigliola. Lei se ne deve ricordare. Ci vuol altro! In Europa siamo chiusi, in Italia siamo assediati. Vede pure? Lei va in tram, in treno, in un ufficio, in una bottega: tutto pieno, tutto spaventosamente pieno. È mai andata lei all'albergo? in una trattoria? Provi e poi mi dirà.

– Ma se la guerra ha fatto morire tanta gente, e dopo c'è stata la spagnola…

– Sciocchezze! – dissi io. – Ci vuol altro. Non c'è più posto! Anche il piccolo posto qui attorno alla sua villa è di troppo, e fa invidia.

– Ma c'è l'America – disse la signora Andromaca.

– Brava! Ma anche là, cara signora, la gente comincia a crescere. Non sarà oggi, ma domani, e lei vedrà; cioè lei non vedrà: ma domani gli americani chiuderanno le porte. Naturalmente gli americani per stare bene nella loro terra, hanno massacrato, tempo fa, tutti i pellirossi che c'erano prima. La Francia poi vuole tutte le miniere di ferro per fare tanti cannoni, così da impedire che le entrino genti in casa: l'Inghilterra prepara navi da guerra per difendere le sue colonie, da cui fa venire le sue marmellate, i suoi enormi rosbiff, i suoi plum-pudding! Ma sì, cara signora!

– Ma come è allora che prima della guerra stavamo bene?

– Stavamo bene? Lo dice lei! Appunto perchè si prevedeva che si sarebbe stati male, si è fatta la guerra. E poi allora c'erano i risparmi di mezzo secolo, e questi sono stati consumati.

– E allora come la vede lei?

– Una cosa molto semplice. Un'altra guerra, ma molto più spaventosa!

– Oh!

– Tutte cose previste.

– Lei vuol scherzare.

– Tutt'altro! Lei conosce, scusi, il mus arvìcola. No? Il topo dei campi.

– Quelli grossi brutti delle chiaviche?

– No! Oh, magari fossero quelli! Quelli portavano la peste. Oh, la peste, questo sarebbe il rimedio! Pur troppo hanno trovato il siero anti-pestifero. Io dico il piccolo topolino dei campi. Bene! Esso cresce in tanta immensità che dove arriva, distrugge tutto: erbe, radici. Quando non trova più radici, nè erbe da distruggere, si distruggono, cioè si mangiano fra di loro. Non mi crede? Lo domandi al professore d'agraria che è suo ospite.

– E che c'entrano i topi?

– È che noi siamo come i topi. Ci mangeremo gli uni con gli altri.

E ripresi a leggere le mie ottave.

Ma la signora Andromaca m'interruppe ancora:

– Ma lei scherza?

– Io? Lei scherzerà. Io non scherzo mai.

– Ma allora?

– La scienza, cara signora. La scienza ha tolto dal commercio la peste, il colera. Non vede lungo la spiaggia del mare tutte quelle schiene nude al sole? To', guardi lì! Tutte donne! La scienza cura anche la tubercolosi.

– Ma non è una bella cosa?

– Lo dice lei! Ma lei perchè è arrivata alla sua età, bella, sana, forte? Perchè lei era destinata a vivere. La scienza, invece, salva quelli destinati a morire, che sventuratamente sono le carogne, in tutti i sensi. Perchè ci sono i falchi? Per distruggere i passeri che, se no, crescerebbero a dismisura. Mantenere un equilibrio! La scienza ha distrutto l'equilibrio, ed ecco appare Lenin!

– Cosa c'entra adesso Lenin? Oh vada bene a farsi benedire.

– Ma è ben lei che mi ha fatto parlare!

– Be', ma cosa c'entra adesso Lenin?

– È l'uomo della storia. Cosa crede lei che la grande idea di Lenin sia il proletariato, i sovietti, il comunismo? Andiamo, via! La grande idea di questo uomo è stata la sconsacrazione della famiglia, di questa macchinetta che fabbrica i figli, i nepoti, le cuffie a cui lei lavora, le preoccupazioni dolorose per il loro avvenire, il risparmio, la proprietà, come questa sua villa... Naturalmente Lenin opera, come ogni genio della storia, in modo inconsapevole...

Intanto che noi parlavamo, si vedeva lungo la spiaggia arrivare la fila delle signorine, in belle vestine, guidate dal giovane professore d'agraria.

– E allora – disse la signora Andromaca – tutte quelle povere signorine, secondo lei, dovranno stare senza marito...

– Lo dice a me? Ma il merlo lo troveranno sempre, quelle che lo sanno trovare, perchè l'uomo è merlo. E quelle che non sanno, vadano,... vadano in cucina a fare la cuoca.

– Oh, oh! Vada via! vada via!

E la signora Andromaca mi mandò via prima che arrivassero le signorine.

CONTESSA O MARCHESA?

Dunque lei va professore di italiano al liceo di B...? Vi si troverà bene: una graziosa cittadina. Verdura e frutta squisite. Però bisogna che lei si decida: contessa o marchesa?

– Sarebbe a dire?

– Non è facile; ma mi ci proverò: sarebbe a dire che anche lei, dopo un po' di tempo che sarà rimasto a B..., dovrà decidersi: o per la contessa, o per la marchesa.

– Sono due colori politici?

– No! non sono veramente due partiti politici: sono due signore; ma lei non tarderà ad accorgersi che tutto l'arcobaleno dei partiti politici si può scomporre nei due grandi partiti: il partito della contessa, il partito della marchesa.

– Lei desidera di scherzare...

– Le dimostro che no; e vedrà che anzi lei nella sua condizione di uomo di lettere, si troverà in un certo imbarazzo. Lei, mi pare, ha pubblicato qualche studio su Dante. Ebbene, lei sotto questo riguardo, appartiene già al partito della contessa, perchè questa signora è vice-presidente (non dica vice-presidentessa) della società Dante Alighieri. Invece, lei in arte non è troppo entusiasta delle forme futuriste. Lei, per esempio, in una patata vede una patata, vero? Lei, come professore, ammette che, esistendo un soggetto, debba esistere un verbo, almeno sottinteso. Non è così?

– Sì, certamente.

– Ebbene, in questo caso, lei è del partito della marchesa, e contro la contessa. Anzi stia attento: la contessa ha lanciato due o tre giovanetti, furenti contro il liceo, che stampano ogni tanto un giornaletto e dispongono di una muta feroce di aggettivi che potrebbero morderle i polpacci letterari. E in politica, lei di quale opinione è? È un «press'a poco», oppure ha opinioni nette? E in morale, crede in quella cosa arcaica che è la morale assoluta, unica, oppure alle diverse morali che fabbricano gli uomini come l'abito da sera, l'abito da passeggio, il pijamas ecc.?

– Sono, le confesso, ancora incerto.

– Ecco vede: lei, con questa incertezza, sta con un piede sul seno della marchesa, il quale – dice la contessa – è mostruoso; e con l'altro piede sul seno della contessa, il quale – dice la marchesa – non esiste se non di gomma.

– Si tratta di due simboli. Ho capito.

– Lei non ha capito niente: si tratta – ripeto – di due signore; la contessa è veramente la contessa Tatiana, età circa anni cinquanta...

– Una vecchia...!

– Oh, non le esca di bocca questa parola! La contessa Tatiana aveva un'età, ora non ne ha più. La contessa Tatiana ha proclamato che Ninon de Lenclos, ad ottant'anni, aveva ancora gli adoratori ai suoi piedi. E lei probabilmente sentirà dire, come ho sentito dire io molti anni fa, che, prima che lei – Tatiana – arrivi all'età di Ninon de Lenclos, occorre ancora un mezzo secolo. Lei vedrà, quasi giornalmente, passare fra il popolo, per il corso, al mercato, una charrette elegante tirata da un poney, guidato da una ancora ardita figura di donna con accanto una leggiadra cameriera. È Ninon de Lenclos, cioè è la contessa Tatiana, che quasi ogni mattina, viene dalla sua villa in città a far le spese personalmente. È inutile dire contessa: basta Tatiana! «Hai visto Tatiana? Tatiana fa così, Tatiana ha detto così, veste così. Si dipinge così!». Tutto l'esercito delle signorine: normaliste, sartine, telefoniste, maestrine, servette ecc., sono per Tatiana. E lei può essere certo che anche gli uomini, se vogliono aspirare all'amore delle signorine, devono dichiararsi per Tatiana. Molti anni addietro, la moda, quando giungeva a B..., era già morta a Milano. Oggi il dernier cri si alza quasi contemporaneamente a Parigi, a Milano, e a B...; e questa importante innovazione è dovuta a Tatiana. La energia di Tatiana è proverbiale! Ci fu una maestrina rurale che ebbe un figlio. Consiglio comunale, consiglio provinciale, prefetto, ecc. ecc dichiararono la destituzione della maestrina. Tatiana andò sino al parlamento, scritturò alcuni deputati, che fecero magnifici discorsi sul diritto della maternità, e fu destituito – invece – un povero ispettore. Tatiana inoltre è popolarissima, perchè è bensì vero che porta la corona di contessa, ma la sua dichiarazione è questa: «io sono figlia delle mie opere». Infatti ella fu una delle prime a prodursi in quelle danze mimo-plastiche, che poi sono venute di gran moda. Si produsse anche a B..., e fu uno scandalo enorme. Ballare quasi nuda, fuorchè la faccia che aveva il belletto! Si giunse sino alle preghiere pubbliche nelle chiese per la purificazione della città. Ma un disgraziato giornalista si prese anche una querela per diffamazione. Tatiana fu inesorabile, e la sua difesa entusiasmò il pubblico. A prescindere dalle ragioni dell'arte, ella con l'aiuto di avvocati e di medici, dimostrò che era fisiologicamente impossibile conservare la statuarietà efebica del suo corpo professionale, senza la più virginale astinenza, e quindi non poteva avere amanti, come diceva quel tale. Contemporaneamente alla condanna dell'impudente, Tatiana ebbe la soddisfazione di vedersi offrire la mano di marito dal conte B..., un giovanottone di dieci anni meno di lei, il quale, con tale atto, veniva a suggellare cavallerescamente le dichiarazioni di Tatiana. Costei, allora, per dimostrare la sua purità, sacrificò la sua arte, e accettò di diventare contessa. Il conte B... disponeva di circa trentamila lire di rendita, ma Tatiana spendendone cinquanta o sessantamila all'anno...

– Ha rovinato il conte.

– Mai più: ha portato il conte suo marito, sino quasi alla deputazione politica. «La ricchezza? La ricchezza è un fenomeno passeggero e deve essere devoluta al popolo lavoratore. Sono i borghesi, che impediscono la rapida trasmissione della ricchezza». Questo è uno dei messaggi di Tatiana.

– Allora il marito è deputato di estrema sinistra.

– Lo sarebbe stato senza la opposizione formidabile della marchesa, che è a capo del partito opposto, quello «che lavora all'ombra del confessionale» come dice la contessa; partito meno appariscente, ma non perciò meno potente. Il partito della «falsa morale», come dice anche la contessa, perchè la «vera morale» consiste nel riconoscimento del diritto naturale.

– Ma se prima...

– Prima è un'altra cosa! Prima Tatiana non aveva marito, e, prima, la temperanza era una necessità professionale, una pratica igienica, come ella dimostrò davanti ai giudici. Prima... prima del matrimonio Tatiana era più giovane; e le donne giovani hanno tendenze ideali; divenendo poi meno giovani, prevalgono le tendenze realistiche, nè l'esistenza di un marito può impedire lo sviluppo del diritto naturale. Anche questo è un messaggio di Tatiana.

– Ma il conte permette questi – diciamo così – messaggi?

– Non è che il conte permetta, ma è Tatiana che non permette: anzi ha educato il conte alle sue teorie. È il conte stesso che dice: «io e Tatiana andiamo perfettamente d'accordo. Se Tatiana dovesse per caso innamorarsi di un altro uomo, io lascierei via libera». Le signore a B..., dicono: «bisognerebbe fare come fa Tatiana».

– Ma è uno scandalo allora!

– È quello che sostiene la marchesa, cioè il marchese, suo marito, giacchè la marchesa non dice mai «io», ma dice: «il marchese mio marito», e così dice: «come vuole, come pensa mio marito», il quale non se ne occupa. È come un re costituzionale. «Mio Dio, già si sa – dice la marchesa, cioè il marchese mio marito – perchè la società va a catafascio. Quando una élite si imbecillisce al punto che un conte sposa una ballerina, che rispetto il popolo può avere?

Questa parola ballerina, è il colmo dell'oltraggio per Tatiana, come chiamare Raffaello, imbianchino. Essa è stata l'artista mimo-plastica, la rivelatrice cioè, col corpo, della psiche.

«Che psiche! – dice la marchesa. – Io non la raccatterei con le molle».

– Si scambiano insolenze?

– Atroci, non fra loro, ma per i loro emissari.

La marchesa non era priva di una certa istruzione; e Tatiana la ha definita biblioteca antiquaria.

– Grazioso!

– Sono graziose tutte e due: Tatiana si conduce dietro una coorte di ottimi amici, come dice il conte; e siccome fra questi amici ve ne sono di assai giovanissimi, così la marchesa ha definito Tatiana «l'antico poligono delle esercitazioni» o la «scuola di corruzione pei minorenni». E siccome si parlava di una ardente passione di Tatiana per un giovanetto, così la marchesa la ha giustificata. «Povera donna! – ha detto – lei cerca di mantenere un equilibrio costante di tempo fra i suoi anni e quelli dei suoi amanti. Sarà fra poco costretta a ricorrere ai giardini d'infanzia».

«Povera marchesa! – dice alla sua volta Tatiana – È ben doloroso per una donna che è tutt'altro che brutta, doversi trovar costretta alla più esasperante astinenza! Dicono che il marchese è incolume. Ma io non ne dubito affatto! È una donna che non è femmina: repugna! Già suda in una maniera indecente. Non è possibile che la povera marchesa possa avere un amante. Si può ben mordere le unghie, ma non potrà mai avere un amante!». «Non è con quella ballerina che bisogna pigliarsela – dice la marchesa. – È il marito che costituisce un'indegnità».

Per quanto la marchesa non si prodighi in pubblico, vi sono circostanze in cui essa deve trovarsi al contatto della contessa Tatiana. Questa è una cosa che la obbliga poi ad un bagno dì purificazione.

Ma Tatiana assicura con un sorriso che rimane ancor bello, che ciò non è vero. «Sarà un bagno simbolico, la marchesa non fa bagni: e poi per chi lavarsi e darsi la cipria? à la fleur de neige?» Ai miei tempi, avvenne uno scandalo, e toccò al povero marchese di provocarlo. Noblesse oblige! Già anche per i re più stupidamente costituzionali viene il momento di assumersi una responsabilità.

– E lo provocò?

– Sì, certo. Affrontò il conte con un: «Lei è un miserabile».

– E nacque un duello?

– Si sperava: ma non fu così. Il conte rispose: «Ohimè, sì! e lei, caro marchese, nè più nè meno di me». E si sono stretti la mano prima del duello! Ad ogni modo, quando lei sarà di sede a B..., bisogna che prenda posizione: o per la contessa o per la marchesa.

DOVE AVETE TROVATO, MIO CARO, VOSTRA MOGLIE?

La signora Maria disse due volte al bimbo: – Voglio che tu stia con noi.

Ma Mr. Walter disse: – Lasciatelo andare.

La signora Maria disse a Mr. Walter:

– Perchè? Voi potete parlare liberamente. Il bimbo non intende che quelle parole d'inglese che voi gli avete insegnato. Soltanto rimanete calmo. Vi prego.

Ma il bimbo si allontanò. Mr. Walter lo rincorse con grida festose, lo prese, ma il bimbo si divincolò: – Lulù, Lulù – disse Mr. Walter con quel poco d'italiano che sapeva, – eravamo così grandi amici prima, e adesso ami me non più?

Lulù non rispose e si allontanò da lui.

– Perchè sei sgarbato col signor Walter, Lulù? – disse la mamma.

Lulù non rispose e si allontanò.

La signora chinò la testa.

Mr. Walter attese che il bimbo fosse lontano e disse: – Volete me uccidere mio buon amico, vostro inutile, piccolo marito?

Così disse Mr. Walter a Maria.

Essi camminavano per un sentiero di campagna, lungo, dritto, chiuso da due alte siepi.

Ricordate il tempo della guerra, quando la bandiera stellata dell'America sventolò sull'Italia? Molte cose sono successe d'allora in poi: e quel tempo vicino sembra così lontano! Eppure il fatto avvenne! Dove sventolò la Red Cross americana, apparve una casa pulita, con pavimenti lucidi, con gente pulita, solerte, gente dell'altro mondo; e questa meraviglia si manifestò anche nelle nostre città, più inguaribilmente sudicie. In una delle quali città, sperduta giù in fondo all'Italia, viveva felice il dottor X. Egli era molto giovane per la sua grande dottrina, in virtù della quale era stato mandato in quella città a dirigere gli scavi archeologici, essendo quella una delle nostre regioni più ricche di cocci. Ci venne con la sua signora, signora Maria, che meravigliò tutta la città. E poco dopo nacque Lulù, soltanto Lulù come fanno le signore; e non tanti marmocchi come fanno le pacchiane laggiù. La casa che il dottore abitava, era forse la sola coi vetri lucidi, il pavimento cerato, le confortevoli poltrone dove si prendeva il tè, servito da una cameriera pulita. Questo era merito della signora Maria. Attorno alla casetta c'era un grande giardino pulito, con le api che facevano il miele rosato per Lulù e per il tè. E questo era anche merito del dottor X. Per queste ragioni, non soltanto egli era chiamato l'uomo felice, ma era veramente felice.

La guerra aveva sorpreso il dottor X in mezzo alla sua felicità. E quando Mr. Walter sbarcò dall'America in quella città col suo automobile lucente, con la sua Red Cross, con le pieghe intatte alla sua lucente montura, il dottor X – che non andava alla guerra – credette di giovare alla patria offrendo a Mr. Walter il tè nella sua casa pulita, affinchè l'ospite straniero meno sentisse, meno vedesse, meno schernisse lo squallore di quella povera città.

Che se il dottor X conosceva a perfezione il greco, la signora Maria parlava correntemente l'inglese, e perciò era la sola persona che in quella città avesse potuto aiutare Mr. Walter nell'organizzazione della Croce Rossa. Vi era bensì il professore di lingua inglese nel R. Istituto tecnico, ma questo signore parlava soltanto il puro scozzese, e perciò non s'intese con Mr. Walter, che parlava l'inglese d'America.

Ma Mr. Walter non ischernì affatto: trovò, anzi tutto piacevole, tutto interessante; le capre, i maialetti, i ciucciarielli, che vanno a spasso per le vie, le donne che si pettinano a vicenda per le vie; e avendo viaggiato molto, paragonò queste cose con un villaggio dei Chirghissi, o con un paese del sud Africa. Era un allegro compagno Mr. Walter, e in breve divennero tutti amici e quasi felici. Felice certo era lui. Mr. Walter era quasi gigantesco, e con gran terrore del dottor X, sollevava Lulù sul palmo della mano sino a toccare il soffitto.

Molto piacevano a Mr. Walter i cocci del dottore, molto gli piaceva il dottore, un uomo così inutile che faceva scavi in una miniera di cocci. Lui, in America, aveva una miniera di carbone. Molto gli piacque un arco romano con tutti quei romani in pijamas, cioè in toga. E siccome tutti i romani erano senza naso, in quanto servivano da immemorabile tempo di bersaglio alli guaglioncelli, così Mr. Walter trovò naturale la proposta di far comperare quell'arco dal signor Wilson, e spedirlo in America.

Molte furono le cose sorprendenti che quei superbi isolani d'America subirono al nostro contatto; molte le cose sorprendenti che noi subimmo al loro contatto. Ma a Mr. Walter era successa la cosa più sorprendente di tutte: quella di innamorarsi di Maria.

Mr. Walter non ebbe percezione esatta di questo amore se non un giorno, che forse non è stato segnato nelle storie. Perchè Mr. Walter assicurava che il presidente, dottor Wilson, avrebbe in pochi anni messo in valore tutta l'Italia come un piccolo farmer. Invece improvvisamente un cablogramma del presidente, dottor Wilson, ordinò di ammainare tutte le bandiere stellate.

L'Italia era abbandonata dal dottor Wilson al suo destino. E perciò Mr. Walter che era sicuro di rimanere in Italia, ebbe ordine di partire immediatamente. Allora soltanto egli si accorse che non poteva lasciare l'Italia, cioè Maria. E perciò domandò a Maria la facoltà di parlare liberamente.

E così in quel giorno parlò: – Io, povero Walter, credevo, nei primi tempi che ero ospite in casa vostra, che potevo facilmente possedere vostro amore, come ho posseduto così molti amori. Voi alta, io alto, voi bella, io bello, oh, molto bello amore! Oh, Mary! Se quando vostro piccolo marito stava scavando suoi cocci nella campagna, voi avevate fatto a Walter un regalo di vostro amore, adesso tutto finito come in una piacevole commedia. Io vorrei dire a voi: «Adieu, Mary!» Voi vorreste dire a me: «farewell, Walter, buon viaggio. Au revoir.» Quando? Non importa! Io vorrei mandare saluti da America a voi, a vostro piccolo marito; regali a Lulù. Voi, vostro piccolo marito, vorreste mandare saluti a Walter. Ah, molto bella cosa! Invece non è stato come questo. Niente finito! Ogni cosa a cominciare. Perchè ho io non rubato vostro amore da voi? Voi avete amato me, Mary, dal primo giorno che avete veduto me. Ma voi allora avete detto a me: «Io ho non bisogno vostro amore perchè mio marito è bruciante.» Questo era non vero! Voi dicevate così per orgoglio, mia cara Mary! Voi avete invece bisogno mio amore; ma voi avete detto a voi stessa: «Se io faccio questo piccolo regalo di mio amore a mio buon amico Walter, dopo suo amore va tutto via!» Oh, vorrei che era stato così! Ma io, che sono così coraggioso, perchè non ho avuto il coraggio portare via per forza il regalo di vostro amore? Oggi io dovrei essere guarito e invece sono ammalato; perchè io adesso dico a voi pure: questo regalo non è più bastante! Oggi io desidero non più vostro amore, ma desidero avere tutta voi. E non per un giorno, ma per tutta eternità! Sempre! Perchè posso io non vivere lontano da voi? Senza voi io posso non ritornare America. Ma con voi io posso andare America, a Paris, a London, dove voi volete. Voi dite: «Oh, se questo fosse vero, io vorrei abbandonare mio stupido marito». Non dite no con vostra testa! Sì, sì, sì! Voi dite: «Io amo mio marito; ma io amo Walter molto più». Ma voi dite anche: «Sì, questo è vero oggi, questo sarà vero domani, questo sarà vero prossimo mese. Ma prossimo anno questo sarà vero non più! L'amore di Walter diventa allora più piccolo, e più piccolo. Io resto una povera donna, senza casa, senza nessuno. Invece mio marito, mia casa, sempre uguale!» Voi dite anche: «Walter ama me adesso perchè in questa stupida città vede la sola bella donna! Ma in New-York, in Paris, in London, Walter vede più eleganti, più belle donne, e allora ama me non più.» Voi dite anche: «Walter è più giovane che io. A trentacinque – voi dite – non si gioca il pazzo.» Vostre mani, vostra pelle, vostri denti, vostri capelli, vostra tinta sono non più così belli domani, e allora Walter ama non più. «Per mio marito invece – voi dite – io sono sempre bella.» E allora voi dite: «Io voglio dunque restare onesta moglie.» Voi ragionate così freddamente come noi americani, e fate bene. «Ah, se Walter poteva garantire eterno amore, allora sì – voi dite – io vorrei abbandonare mio marito, diventare moglie di Walter! Io vorrei buttare via mondo dietro spalle, abbandonare mio stupido marito!» Oh, povero Walter! Come posso io garantire? Se io offro voi garanzia con americano denaro (oh, no con argento italiano!) voi dite: «Se io accetto americano denaro, io divento come una cocotte, e amore di Walter va via per altra strada.» Dunque volete, Maria, me uccidere mio buon amico, vostro inutile piccolo marito? Voi dite: «Io devo parlar piano non fare Lulù sospettare, ma voi piangete! Oh, Mary!» Voi dite: «Oh, mio marito, così buono! Lui vorrebbe morire di dolore, se io lo abbandonavo.» Ma vostro marito è un farabutto. Vostro marito ha tradito vostra più bella giovinezza! Ha tenuto voi in prigione in questa miserabile città per dieci anni. Voi dite: No, no! Ma vostra bellezza dice: Sì sì! Vostro marito è stupido. Vostro marito non vuol morire di dolore! Lui piange un poco e poi comincia a scavare suoi cocci. Ma voi dite: «Io voglio essere una onesta donna per mia religione.» Ma ognuno ha veduto che io amo voi e voi amate me. Tutta la città vede! Tutti vedono eccetto uno: vostro marito.

Disse allora Maria:

– C'è però un altro che ha visto!

– Chi?

– Lulù! Non vi siete accorto, Walter, che Lulù, che prima vi amava, non vi può più vedere?

E dopo aver dette queste parole, la donna s'incantò. Guardò avanti a sè e domandò: – Lulù? – Poi diede in un grido disperato: – Lulù! Lulù! dov'è Lulù?

Il sentiero correva diritto, ma il bimbo non si vedeva più.

Il sentiero era vuoto.

La donna allora alzò le mani, si staccò da Mr. Walter, e poi si diede a correre, e ogni tanto gridava: – Lulù!

Mr. Walter rimase lì molto sorpreso con le sue ultime parole per aria.

La donna fuggiva.

Ora Mr. Walter la guardava correre per il sentiero, e vide che lei non sapeva affatto correre. Balzava, incespicava. Ogni tanto si fermava, alzava le mani e mandava quel grido: Lulù! Poi riprendeva ancora la corsa. Ma realmente non sapeva correre. Forse era la gonna troppo stretta quella che le impediva di correre, ma comunque non sapeva correre. E nel tempo stesso una di quelle sopravesti che le donne chiamano chimono, lieve, color granata, che prima le si posava così dolcemente su la grande persona, ora svolazzava e dava alla donna un aspetto bizzarro e quasi deforme. Anche il grido disperato: «Lulù» sorprese Mr. Walter. La donna non sapeva gridare. Ora quella donna faceva pietà. Non sapeva gridare e non sapeva correre.

E allora a Mr. Walter parve di vedere quale fosse il segreto di Maria: ella era una creatura di dolcezza! Dava gioie alla vita. Ora la ricordava nella sua casa: la sua inalterabile voce d'oro! le sue movenze sempre composte! Ella non era intelligente più che le altre donne, ma aveva questa magìa, che tutte le asperità della vita, quando giungevano al contatto di lei, si placavano. Era bella? Era bella di quel suo incantesimo di dolcezza. Forse per questo Mr. Walter non aveva mai fatto ciò che aveva fatto tante volte: non aveva mai assalito Maria. Ella non diffondeva da sè eccitamento, ma come un lenimento. Ora Mr. Walter capiva perchè l'avrebbe voluta sempre con sè, non per la voluttà, ma come un cold cream profumato che dà dolcezza all'epidermide. Forse ella non amava suo marito più che non avesse amato un altro uomo. Ma suo marito l'aveva lui scoperta, l'aveva lui comperata! Era cosa sua! Fra i suoi cocci, egli aveva per caso scoperto questa pietra preziosa di donna soave che rende dolce la vita; e perciò era chiamato l'uomo felice.

Così, stranamente, ora, agli occhi di Mr. Walter si rivelava la natura del suo amore per Maria; mentre lui stava lì fermo e vedeva lei così disperatamente correre per il sentiero, e mandare quel grido che per la lontananza si faceva sempre più fievole.

Quando ella fu là dove il sentiero, salendo alquanto, sbocca nella via, egli la vide abbattersi, cadere. Il chimono svolazzante era caduto per terra sopra la gonna bianca.

Allora Mr. Walter si scosse: velocissimo, in breve saettò il sentiero e fu presso la donna. Ella gemea. Grandi lacrime le cadevano sul volto; i capelli scomposti le erano rappresi sul volto. Mr. Walter si chinò, la baciò, le baciò le lacrime, la sollevò, la sostenne come se essa non si reggesse più. Ed ella ciecamente rispondeva ai suoi baci.

– Che cosa è, che cosa è, Maria?

– Lulù, Lulù, non c'è più! Era qui un momento fa, quando voi, Walter, parlavate: qui vicino a noi. Vi ricordate che io ho detto: «Lulù, non ti allontanare!» Era a pochi passi davanti a noi. Poi è scomparso. Sono giunta qui in fondo: guardate la strada a destra, e a sinistra: non c'è. La strada è deserta. Un bambino piccino si deve vedere. Nessuno! Nei campi, nessuno. Ho chiamato, nessuno! Gli zingari, Walter!

Aveva gli occhi smarriti.

– Ma dove sono gli zingari?

– Non so.

Avete voi veduti gli zingari?

– Non so.

– Siate calma, Maria – disse Walter, – Lulù deve essere poco lontano.

Anche Walter chiamò con la sua gran voce: – Lulù, Lulù!

Stette a sentire, finchè l'eco della sua voce si spense, se alcuna voce rispondesse. Rispose il silenzio dolce della sera. Come uno scroscio di lacrime cadde dagli occhi di Maria.

Walter le prese la mano, che essa gli abbandonò. Era madida e fredda. La baciò a lungo; la baciò su la fronte. – Sedete giù qui, Maria, – disse, – ora io sono andando.

Walter percorse, di corsa, ancora indietro tutto il sentiero; saltò le siepi, giunse a un casolare, trovò una vecchia e domandò se avesse visto un bimbo. Non aveva visto niente. Ritornò da Maria. Non potè fare a meno di dire anche lui:

– È curioso!

Lei ripeteva come smemorata, sotto una fatalità, quella parola: – Gli zingari!

– Ma ci sono nessuni zingari!

Allora Walter fu sorpreso dal sole che col suo disco affondava dietro la linea della pianura.

Era alto il sole poco fa.

– Maria – disse – siate sicura: Lulù ha tornato casa. Andiamo via.

– No, no, – esclamò Maria con terrore – a casa non torno.

– Voi siete pazza. Maria!

– Sto qui.

– Venite lungo! – E le fece dolce violenza.

La condusse al casolare.

– Attendete qui. Io sono andando. Aspettate.

La città non era lontana. La villetta del dottore era appena entro le mura. Walter vi penetrò. Nello studio a pianterreno c'era il dottore al suo tavolo; e presso di lui Lulù, tranquillissimo.

– E tu, e tu? – disse Walter.

– Ma voi che avete, Walter? – disse il dottore.

Il cuore gli scoppiava. Ansimava.

– Voi avete corso, Walter!

– Un poco.

– Permettete, Walter.

E il dottore tolse da uno scaffaletto un bicchierino, e versò un poco di rosolio.

– E perchè avete corso tanto, Walter?

– Ma questo bimbo, come è che esso è qui? – disse Mr. Walter appena potè parlare.

– È da una mezz'oretta che è qui. Me lo sono visto arrivare; anzi sono rimasto sorpreso. «E la mamma? e il signor Walter?» Crede lei che io sia riuscito a cavargli una parola di bocca? «Io non vado più a spasso con la mamma.» «Ma perchè?» «Perchè non vado più a spasso con la mamma.» «Perchè?» «Perchè voglio, voglio stare sempre con te»; e mi si è messo qui come lei vede, e non lo posso levare da qui. Un bel tipo, sa! E Maria?

– Un piccolo storcimento a un piede.

– Oh!

– Niente serio.

– Quei benedetti tacchi. Eppure è così alta che ne potrebbe farne a meno.

Il dì seguente Walter partiva con tutte le sue valigie americane, con la sua grande automobile americana; e, pur troppo, con tutte le nostre speranze americane. Il dottore e Walter ne ragionavano nello studio a pianterreno.

– Questo nostro povero paese – diceva il dottore – spera nella Germania, spera nella Francia, spera nell'America... spera nel diavolo che lo porti! Ah, un povero paese, caro Walter!

– Il più grande paese nel mondo – disse Mr. Walter. – Io voglio andare dire questo al presidente Wilson, che non conosce bene vostro grande paese.

– Sì lo so, grande paese; ma non conta niente.

– Dove avete trovato, mio caro, vostra moglie? – domandò a un tratto Mr. Walter.

– In Italia, – rispose il dottore molto sorpreso.

– Ah!... il più grande paese nel mondo!

Walter volle baciare tutti: baciò il dottore, e domandò il permesso di baciare Maria. Baciò in ultimo Lulù. Ma Lulù non volle.

– Perchè?

– Perchè sei cattivo.

– Io cattivo?

– Oh, Lulù! Ma perchè? – disse il babbo.

Lulù non mutava quelle parole: «perchè sei cattivo».

– Lulù – disse Walter – appena arrivo a America, ti manderò il pappagallo.

– Il pappagallo sei tu...

– Mrs. Mrs. Mary, non avete voi una sorella come voi? – E queste furono le ultime parole di Mr. Walter.

LE ROSE DI PASQUAROSA

La signora Felicetta, tutta pingue, tutta placida, nella sua poltroncina, dentro la sua veste di flanella, con i suoi piedini nelle sue pantofolette, rimase atterrita alle parole della bella dama ed esclamò:

– Ma non lo dica nemmeno per ridere.

– Ma sì, mia buona signora Felicetta, – disse la bella dama, – e poi è una cosa così semplice! Si muove un piccolo cosino, tac! e tutto è finito.

La bella dama che parlava in tal modo, piegò vezzosamente la testa come dicesse:

«Facciamo insieme?»

– Ah, no, – esclamò la signora Felicetta, – perchè dopo si muore.

– Morire? E cosa è morire? Dormire, sognare forse, – e proseguì: – Oppure fare come Saffo, giù da uno scoglio. Oppure come Ofelia. Un gran fiume. Si va, si va per le onde del fiume...

– E sono morti, quel signore e quella signora? – domandò la signora Felicetta.

– Erano due signorine, – disse la dama. – Sì, sono morte, ma ora vivono nella immortalità.

– Preferisco vivere a casa mia – disse la signora Felicetta. – Veda, io quando nei giornali leggo un suicidio, sto poi male per tutto il giorno.

La dama sorrise.

Poi proseguì: – Si potrebbe scegliere un dolce veleno. Si muore dormendo. Ma a me piace assaporare la morte. L'ideale sarebbe, giù da un velivolo.

Allora la signora Felicetta rabbrividì.

La dama che così parlava, era bella, ma di una bellezza così delicata che pareva friabile; e mentre la signora Felicetta stava coi suoi piedini sul tappeto, la dama faceva oscillare la caviglia di una sottile gambetta, con una sottile scarpetta, e questo movimento produceva un giramento di testa.

La lunga mano di lei reggeva un mazzo di rose, folgoranti rose; cioè non reggeva, ma come se il peso di esse fosse troppo, le tenea capovolte.

Sul tavolinetto era posato un libro ravvolto e legato con un bel nastrino.

– Lei ammetterà, signora Felicetta, – proseguì la dama – che io non posso ricorrere al carbone, come usava una volta.

69

– Io non so – rispose la signora Felicetta; – io accomodo i calzoni di mio marito.

La dama guardò come erano fatti i calzoni di suo marito.

– I mariti! – disse la dama, e un tremore agitò le pallide labbra. – Il mio pretendeva che io soddisfacessi come un closet alle sue brutalità sensuali, e siccome io mi rifiutai, così lo sorpresi travolto nei più ignobili amori ancillari. Ed era un gentiluomo!

«Tutta la colpa è di questi qui: cosa ci vuol fare?» parve voler dire la signora Felicetta accennando ai calzoni; ma disse:

– Adesso suo marito è morto, e lei perchè parla di morire?

– Perchè è necessario, signora.

– Io non capisco, non capisco – – disse la signora Felicetta.

– Lei non capisce?

– No, ma aspetti, signora: un gocciolino di rosolio.

E la signora Felicetta si levò e apri un armadietto. Aveva bottiglie di rosoli, e vasi di marmellata.

– Un po' di marmellata di ciliege, signora? quest'anno veramente la marmellata di ciliege non è venuta troppo bene. Provi questa di pesche.

La signora Felicetta oltre all'accomodare i calzoni, faceva le marmellate e i rosoli.

– Lei non capisce – disse la dama sorbendo lievemente il rosolio – perchè morire? Non ha un'anima lei? non ha sentito lei il bisogno dell'uomo, qualunque esso sia, che ti ricopra col suo immenso tremore, e ti innondi e ti faccia morire?

Felicetta guardò stupefatta la dama; e poi timidamente disse: – Ma non ha lei amato...?

E fece il nome di uno di quei potenti uomini rivoluzionari, che con le loro parole ogni tanto scuotono l'Italia.

– Il miserabile! – disse la dama – Egli mi ha posseduta, egli mi ha goduta! Io credevo con lui di potere operare grandi cose. Stavamo ambedue, con l'aiuto del popolo, per far precipitare questo mondo, quando lui ha riflettuto: «c'è caso che rimanga schiacciato anch'io». E ha dato il contravapore. Vigliacco!

La signora Felicetta guardò, ma non capì questo discorso. – Ma lei – aggiunse timidamente – non era fidanzata con quel poeta...

– Infelice! – disse la dama. – Sì, egli mi amò, egli mi supplicò: «amatemi, e io scriverò cose non mai dette». Infelice! A ventisei anni era esausto. Poi la paura! Un poeta che scrive un poema «Prometeo», e ha paura di sua madre, e mi dice: «mia madre non vuole. Va, per carità, va e cammina!» No, signora Felicetta, l'uomo non sa amare. Oh, quanto è preferibile alla sorte di noi povere donne l'ape regina!

La signora Felicetta sapeva accomodare i calzoni, sapeva fare le confezioni, sapeva fare i rosoli, ma non sapeva quello che fa l'ape regina.

Glielo spiegò la dama.

– L'ape regina – disse – quando ha fatto il suo volo d'amore, ordina alle api operaie di uccidere i maschi. Del resto così fecero le grandi imperatrici, le grandi regine coi loro amanti. Io non posso sopprimere l'uomo. Ebbene mi sopprimo io: un piccolo colpo, tac, così, contro il cuore.

La bella dama così dicendo, levò dalla borsetta a maglie d'oro un piccolo gingillo col manico di madreperla.

La signora Felicetta fuggì atterrita, e si fermò alla porta. – No, signora, qui. Per carità!

La dama sorrise. – Non tema, signora Felicetta. Non voglio turbare la sua tranquillità. Lei ha sposato l'uomo rude dell'officina, e forse il meglio è ancora così...

– Oh, mio marito non si occupa di queste terribili cose.

– Mi aveva chiesto un libro, e io glielo aveva portato. Un jour viendra! Nient'altro! Ma suo marito non viene? Avevo portato per suo marito il libro....

– Mio marito non legge, mio marito non legge, – balbettò la signora Felicetta.

– E per lei, signora, queste rose avevo portato.

– Le metterò nel vaso.

– No, signora Felicetta, lei non le metterà nel vaso. Lei sfoglierà queste rose ad una ad una nella vasca da bagno, poi la ricolmerà di acqua. Domattina, all'alba, lei si immerge nell'acqua di rosa. Lei sa domattina che giorno è, vero? Domani è Pasqua rosa, e una leggenda dice che chi la mattina di Pasquarosa fa un bagno nell'acqua di rosa, conserva sempre la freschezza della gioventù.

La dama se ne andò.

La signora Felicetta stentò la notte a prender sonno: Il velivolo, lo scoglio, e quel tac! Il cuore della signora Felicetta che non si sentiva mai, battè tutta la notte. Suo marito lo sentì fare tic-tac, e dovette posare la sua mano sul cuore. Il piccolo coricino battè per un poco anche più forte, ma poi si acquetò, e Felicetta dormì in pace sino al mattino del dì seguente, che era Pasquarosa.

Essendo Pasquarosa, il marito non andò alla fabbrica perchè gli operai festeggiano tutte le feste della chiesa anche se non vanno più in chiesa. A mezzogiorno, con quella regolarità che è tutta propria della signora Felicetta, la zuppiera fumante di bella minestra entrava in tavola, quando la bella dama improvvisamente apparve.

– Ha messo in bagno le rose, signora Felicetta?

Felicetta non ci pensava più.

– Io, tante! – continuò la dama. – Appena giunta all'albergo, ho sfogliato nella vasca da bagno tante, tante rose... Oh, buongiorno, ingegnere. Conosce lei, ingegnere, la leggenda delle rose di Pasquarosa?

L'ingegnere conosceva molte cose meccaniche, ma non la leggenda delle rose di Pasquarosa. E la bella dama gliela raccontò. – Io ho sfogliato, ieri sera, dicea, tante rose, poi ho colmata la vasca. Stamane alle dieci, nuda, tutta nuda, così, sono entrata nell'acqua che era quasi fredda; ma colma così com'era la vasca, aveva una lieve trasparenza verdastra. Ah delizioso! Perchè, signora Felicetta, non ha fatto così anche lei?

In verità la signora Felicetta, voleva dire: «E lei perchè non ha fatto tac con quel cosino?»

LA SIGNORINA IN ATTESA

Potrà accadere che, vedendo quante signorine vanno in giro, uno sia preso da sbigottimento e domandi: «ma dove vanno?»

«Vanno dove devono andare. Intanto, vanno in giro».

«E in casa chi resta?»

La casa? Ma siamo ben sicuri che esiste la casa? Gli appartamenti, i falansteri, le pensioni degli alberghi esistono, ma non sono la casa!

E nel modo stesso che la signorina va in giro, così tranquillamente parla in giro, e tranquillamente dice cose sì ardite che si pensa all'audacia di Cristoforo Colombo quando su la fragile nave montava le onde ignote; all'audacia di Magellano; di Vasco de Gama, eroi che rinnovarono il mondo, quando la loro ora scoccò.

I moralisti ne sono preoccupati: ne incolpano certi libri, il cinema, il balletto russo, il ballo barbarico, il tea-room...

Ma gli stessi giovani intellettuali, che non tremano affatto in vista del mostruoso oceano della civiltà proletaria, quando le signorine sono partite, ne sono meravigliati, direi preoccupati, e si guardano fra loro. Sembrano pensare: «è più audace di noi!» Ma per quella inerzia di pensiero che dimostra l'innato istinto a vivere in servitù, ripetono questa frase fatta: «corruzione borghese»!

Abbiamo adoperato questa parola signorina perchè essa è smisurata parola, tanto che è stato detto e scritto da uomini i quali si dilettano di osservare soltanto le superficie dei fenomeni, come dai quattordici ai cinquanta anni et ultra, tutte le donne possono essere comprese sotto la denominazione di signorine; e in verità, il gonnellino corto ed altri artifici del vestimento e del diportamento, aiutano questo inganno visivo.

E allora quei lepidi osservatori hanno detto che è difficile distinguere la mamma dalla figlia. Precisamente! Ma non è un'osservazione lepida: è una tragica osservazione!

E proprio in questi tempi, e per l'appunto nell'anno 1921, è avvenuto un fatto ben singolare: una venerabile imagine, la Madonna di Loreto è scomparsa in un incendio.

Molto verosimilmente fu un ladro sacrilego – di quelli che nell'Inferno di Dante sono avvinghiati dalle serpi – quegli che usò l'incendio per meglio trafugare gli ori e le gemme. Ma io penso al mito antico che diceva: finchè il Palladio non sarà rapito, la città sarà salva.

Il ladro moderno conosce il motto che dice: la proprietà è un furto, quindi il furto è proprietà. Il Palladio è pietra, come la Madonna è legno. Null'altro esiste! Il ladro, chi sa mai? può diventare un Ulisside nei miti futuri!

Ma con tutto questo non è senza significazione che l'imagine di Colei che è simbolo della Grazia e della redenzione dal Male, che è Vergine e Madre, sia in questi giorni scomparsa.

Non c'era più posto per Lei!

Come non c'è più la casa, così non c'è più la maternità.

Il falansterio non è la casa; spremere figli dall'utero non è la maternità!

Generalmente queste signorine sembrano staccate dal figurino della moda, e di solito con molto buon gusto; fatta eccezione di una signorina che ebbi davanti a me per tutto un giorno in treno: non brutta, ma piccoletta e grassoccia. Stando ella seduta, le sottanine corte diventavano anche più corte e ne pendevano due enormi polpacci carnicini. Io avevo con me un mio breviario antico, ma ne ero continuamente distratto. Se non che, quando fu verso mezzogiorno, il sentimento si mutò. Cominciai a guardare quei polpacci, e pensavo che messi arrosto...

Il volto della signorina appare composto, come per la sopraposizione di una maschera ugualitaria, che potrà variare dalla volgarità della così detta «lavoratrice,» all'opera d'arte della dama. In questa maschera i due elementi, o luoghi, come dice Dante, in cui massimamente adopera l'anima, cioè gli occhi e la bocca, appaiono deformati. Gli occhi hanno una lucentezza fredda e folle per artificio di medicamenti, non perchè l'anima adoperi, come la bocca ha un baleno sanguigno.

Questa maschera del volto, combinata con la vaporosità del vestito, porge nella signorina l'imagine della nave in toilette di battaglia. Al momento dato, le artiglierie tuoneranno, il siluro omicida sarà scagliato: fuoco, fiamma, tempesta!

Ma una signorina, io ricordo, la quale pur non essendo così effigiata, tuttavia più di ogni altra mi apparve rappresentativa.

La chiamerò la «signorina in attesa».

La signorina sta ferma in attesa.

Ella non è eccentrica. Elegante, e nulla più. Ella è chiusa dentro una veste che va sino ai piedi. Se la veste cadrà, e allora apparirà un corpo forte con quel bagliore latteo e gelido che infligge un brivido all'uomo.

Un forte corpo...? Io voglio dire che la forza è trapassata nell'altro sesso. La forza? Io voglio dire una energia. «Fragile Eva», dice l'uomo. Oh, uomo idiota!

Il collo della «signorina» spicca teso. E così tutta la faccia, tutta la persona è tesa.

In attitudine forte ella sta. Un po' contorta, sì bene, ma non per artificio. Il ginocchio destro è piegato all'indentro e la gamba sporge col piede che appena vien fuori dalla balzana. Ma la tensione è in rispondenza del collo.

Pare una duellatrice che attende il nemico.

Chi è il nemico?

L'uomo.

La mano non è armata di spada, lo so; ma quelle braccia sono ben strane!

Sottili, lunghe: il braccio sinistro è ripiegato sul fianco ma non disegna una dolce ansa, bensì un angolo fiero, acuto, duro: il braccio destro, invece, pende, ma non inerte: teso esso pure. La lunga manica, serpentina, sottile come una proboscide, termina in una mano aperta, col pollice divaricato su la coscia potente.

E il volto?

Non ha l'aura di sogno.

Il volto della «signorina in attesa» non ha artifici di unguenti: un volto comune, forse un po' scarno rispetto alla persona.

La bocca è amara ed arida, lo sguardo altero, il nasetto ha una piccola curva come il falco: sotto, le narici fremono. Si disegna nello sfondo di lei quella ben tetra parola con la quale gli asceti definirono la donna: «insaziabile».

La «signorina in attesa» attende la voluttà. Quel piede fermo vi dice che essa sta per dare un balzo. Verso che cosa? Verso la voluttà di tutta la vita: ma senza limitazione.

Il corpo della «signorina» è ben fatto, ma non suggerisce l'idea della verginità. Cose oltrepassate!

Padre? madre? Sono personaggi lontani.

Forse qualcuno può vedere nella «Signorina», la ambigua «demi-vierge» della moda passata. Ma la ambigua «demi-vierge» si vergognava del suo peccato, e portava con sè la sua espiazione.

Poteva non trovare marito.

La «signorina» non si vergogna, e non porta con sè alcuna espiazione.

Marito? Matrimonio? Costumanze del vecchio tempo borghese. La «signorina» è la «donna forte»; non quella della Bibbia, sublime compagna dell'uomo; è la donna forte del tempo nostro.

Forte, e combattente.

Anche lei domanda il suo posto al sole!

I vecchi drammi e romanzi su l'amore, il matrimonio, l'adulterio, stanno per andare in archivio.

La «signorina» rinnova la letteratura!

La «signorina» però domanda l'amore.

Sì, anche l'uomo domanda l'amore, e con più forza della donna. Dice un antico poeta «io ho due mali, la povertà e l'amore: quella sopporterò in pace; ma sopportare il fuoco di Venere non posso».

Però è vero che l'uomo domanda poi tante altre belle cose: l'ordine della società, i bei tribunali, le belle accademie, le belle assemblee, le onorificenze con cui ornare il petto, e quando è solo in casa sua, desidera le dolci pantofole.

Insomma l'uomo domanda, oltre all'amore, tante cose altre pacifiche e ordinate.

Voi potete osservare che ciò contraddice al tempo presente in cui predomina l'uomo rivoluzionario.

Ma lasciate stare!

Chi vivrà, vedrà! Anche l'«homo anarchicus» dei nostri tempi quando avrà fatto le sue anarchie, domanderà pure lui queste cose pacifiche.

Il suo berretto frigio diventerà il suo berretto da notte; la sua bandiera rossa sventolerà dolcemente nelle fauste ricorrenze come qualsiasi antica bandiera; e quando sarà vecchio, mostrerà ai nepotini le gloriose armi con cui fece la sua rivoluzione, affinchè anch'essi facciano la loro, perchè è attraverso tutti questi trambusti che l'uomo, quasi come lo «scarebœus stercorarius», rotola la pallottola del suo progresso.

Ora anche la donna può fare tutte queste belle cose, anche prendere parte a un tribunale rivoluzionario; anche dirigere un congresso pedagogico; anche parlare dai rostri, ma non le può prendere sul serio, se pure non è bruttissima.

E la ragione è semplice: la cosa seria è lei.

Ma ella da sola non basta a sè.

Ha bisogno dell'uomo.

E lo ama, e lo odia; perchè entrambi respirano l'amore, ma lo respirano in modo diverso: non so; come alcuni animali respirano per polmoni, altri per branchie.

La «signorina» attende.

Quella sua bocca amara fa capire che ella ha gravi rampogne da fare all'uomo.

«Cosa avete fatto voi oggi? di che vi siete occupato? dell'astronomia? della sociologia? del giornale? della banca? della rivoluzione? Ma non capite che vi sono io, che sono tutto, tutte queste cose, o idiota?»

Nei tempi andati gli uomini costruirono per loro difesa leggi veramente feroci contro la donna.

Essa fu dichiarata persino infetta, non toccabile; essa fu goffamente velata, chiusa nel gineceo, nel convento, nella casa maritale; fu costretta «a viver casta e filar la lana», fu condotta sul rogo dietro il marito morto; e se era bellissima, fu costretta a nascondersi per non dare scandalo con la sua bellezza.

Queste vecchie leggi ora sono crollate.

L'uomo le ha fatto dono del pareggiamento dei sessi.

Essa lavorerà, sì, certo! Prenderà il suo stipendio. Frequenterà le scuole. Parlerà con voi da pari a pari di scienza, di fisiologia, di arte. Parlerà con compostezza come buona collega. Parlerà di tutto. Poi farà la dattilografa, la maestra, l'artista di cinemà. Non pretenderete mica però che faccia la cuoca per voi, o la lavandaia per voi!

Ma voi sapete benissimo, o idiota, che essa non può stare troppo tempo in piedi, che il suo stomaco è delicato, che ogni mese ha per lei un periodo di vacanza, che non può mica farsi le calze di lana coi ferri, che i lunghi guanti di pelle arricciata su le braccia le stanno benissimo, che non può guastarsi la epidermide, che è di latte, e altre cose ben sapete, o idiota!

«E non pretenderete che noi facciamo come le povere fanciulle che vanno ancora a messa, e fanno il bucato, e attendono in casa con rassegnazione lo sposo.

Quelle non le guardate nemmeno, o idiota!

E non pretenderete mica che noi pensiamo sul serio! Questo è un esercizio che fa venire le rughe.

E non pretenderete che noi rinunciamo. Voi non rinunciate, e noi nemmeno!

Voi valorizzate, o uomini, tutti i vostri valori materiali; e noi valorizziamo il nostro vero valore: la nostra bellezza!

E ben anche sapete che l'Italia non è come certi paesi del nord, dove esiste una maggioranza di brutte donne che formano un terzo sesso. L'Italia non è un paese ricco, ma è ricchissimo di bellissime donne.

Siamo in un numero spaventevole di bellissime signorine, e siamo costrette a vivere di incongruenze innominabili, uomo idiota!»

Così sembra dire la «signorina in attesa» all'uomo, e col fioretto di queste parole lo sfida.

Scrivendo queste cose, non intendiamo giudicare: non è attributo dell'uomo giudicare l'uomo; ma bene si può riconoscere nella «signorina» una magnifica Nemesi.